REGRAS DO AMOR NA CIDADE GRANDE

SANG YOUNG PARK

REGRAS DO AMOR NA CIDADE GRANDE

Tradução de Adriano Scandolara

1ª edição

2024

CIP-BRASIL. CATALOGAÇÃO NA PUBLICAÇÃO
SINDICATO NACIONAL DOS EDITORES DE LIVROS, RJ

P261r

Park, Sang Young, 1988-
　　Regras do amor na cidade grande / Sang Young Park ; tradução Adriano Scandolara. - 1. ed. - Rio de Janeiro : Record, 2024.

　　Tradução de: Love in the big city
　　ISBN 978-85-01-92249-6

　　1. Romance sul-coreano. I. Scandolara, Adriano. II. Título.

24-92108

CDD: 895.73
CDU: 82-31(519.5)

Meri Gleice Rodrigues de Souza - Bibliotecária - CRB-7/6439

Título original:
대도시의 사랑법

Traduzido a partir do inglês *Love in the Big City*, por Anton Hur
Copyright da tradução para o inglês © Anton Hur, 2021

Copyright © 2019 by 박상영 (Sang Young Park)

Publicado originalmente na Coreia do Sul por Changbi Publishers, Inc.

Copyright da tradução para o português © EDITORA RECORD LTDA., 2024

Revisão de tradução de Bruna Giglio

Citação bíblica: a tradução utilizada de Levítico 20:13 é da Nova Versão Internacional (Thomas Nelson Brasil, 2018).

Texto revisado segundo o Acordo Ortográfico da Língua Portuguesa de 1990.

Todos os direitos reservados. Proibida a reprodução, no todo ou em parte, através de quaisquer meios. Os direitos morais do autor foram assegurados.

Direitos exclusivos de publicação em língua portuguesa somente para o Brasil adquiridos pela
EDITORA RECORD LTDA.
Rua Argentina, 171 – Rio de Janeiro, RJ – 20921-380 – Tel.: (21) 2585-2000, que se reserva a propriedade literária desta tradução.

Impresso no Brasil

ISBN 978-85-01-92249-6

Seja um leitor preferencial Record.
Cadastre-se no site www.record.com.br e receba informações sobre nossos lançamentos e nossas promoções.

Atendimento e venda direta ao leitor:
sac@record.com.br

Parte I
Jae-hee

1.

Peguei o elevador até o terceiro andar do hotel e entrei no Salão Esmeralda. Ela tinha dito que na lista de convidados havia umas quatrocentas pessoas? Parecia bem mais do que isso. Tomei o meu assento designado e olhei ao redor da minha mesa: meus colegas do curso de Francês da faculdade, todos nós envelhecendo em ritmos diferentes. Quantos deles estavam lá? Chuto que seja essa a recompensa por Jae-hee ter respondido sim para todas as farras pós-formatura e festas de reencontro dos ex-alunos. Momentos como esses faziam com que a vida social de Jae-hee beirasse o grotesco. Fui obrigado a interagir com conhecidos com quem eu não conversava fazia cinco, até dez anos. "Parabéns! Ouvi falar que você é escritor agora." "Você deveria entrar em contato com mais frequência." "Ei, rolou um boato de que você tinha morrido, mas aí está você!" "Onde acho os seus contos? Tentei procurar na internet." "Nossa, escrever deve ser difícil para você. Olha como você engordou." "Você ainda bebe tanto como antigamente?"

Meu livro está prestes a ser publicado, eu não bebo como antigamente, vocês estão tão velhos e gordos quanto eu, e essas perguntas estão prestes a me levar de volta aos velhos hábitos alcoólicos — essas respostas estavam todas na ponta da minha língua, mas engoli em seco e preferi manter a dignidade de alguém com boa educação, na casa dos trinta anos, que contribui para a sociedade, e dar risada daquela falsidade toda. Estava pronto para jurar a qualquer um dos leitores dos meus contos que tudo o que eu havia escrito era inventado — que bobagem da minha parte ter preparado uma resposta para uma pergunta que jamais seria feita. Um excesso de consciência de si mesmo era, por si só, uma doença.

— Sentem-se, por favor. A cerimônia já vai começar.

Disseram que o mestre de cerimônias era um amigo íntimo do futuro marido de Jae-hee. O amigo tinha um queixo pontudo e pele oleosa, não era nem de longe o meu tipo, e, para além daquele seu sotaque carregado da província de Gyeongsang, tinha ficado bem evidente que aquele garoto do interior não era dos melhores em agilizar as coisas. Como foi que ele virou repórter de televisão? Eu teria sido uma escolha muito melhor. Afinal, quem é que liga hoje em dia para essas tradições idiotas, isso de "meu melhor amigo faz isso e aquilo"? O monstro verde da inveja estava começando a dar as caras.

Do lado do palco, havia um telão mostrando as fotos de Jae-hee e do noivo. Tomei mais um gole de vinho tinto, conforme as fotos de celular em baixa resolução iam passando. Cheol-gu — que estava sentado do meu lado e, pelo visto, havia arranjado um emprego no Industrial Bank fazia pouco tempo — me cutucou nas costelas.

— Seja honesto comigo. Você e Jae-hee. Eram verdadeiros os boatos?

Sim, era tudo verdade, mas, ai, meu querido Cheol-gu, é bem irônico da sua parte vir me perguntar isso — logo você, que chamou Jae-hee para sair só para ser brutalmente humilhado.

*

No verão em que fizemos vinte anos, Jae-hee e eu viramos melhores amigos.

Eu tinha uma regra engraçada quando saía para beber naquela época — se alguém me pagasse uma bebida, eu faria qualquer coisa que essa pessoa mandasse —, e foi assim que, naquele dia fatídico, lá estava eu com um homem de idade indeterminada no estacionamento do Hamilton Hotel, dando uns amassos. Ele me pagou algo em torno de umas seis doses de tequila em alguma boate subterrânea. A lua, os postes da rua e os letreiros neon do mundo inteiro pareciam estar iluminados apenas para mim, e a melodia de um remix da Kylie Minogue ainda ressoava no meu ouvido. Não interessava quem era o carinha. A única coisa que importava era que eu existia com outra pessoa, ali, naquelas ruas escuras da cidade, e era por isso que eu estava brincando de lutinha de língua com um estranho. Bem na hora em que eu achava que o calor do mundo inteiro estava prestes a transbordar, só para mim, senti um tapa forte nas minhas costas. No meio do meu torpor alcoólico, pensei: *Um crime de ódio!* E, já virado na completa *drama queen*, despreguei meus lábios dos dele e dei meia-volta, pronto para a briga — mas lá estava Jae-hee. Como sempre, ela tinha um Marlboro vermelho manchado de batom numa das mãos, e fiquei sóbrio na hora, só de olhar para a cara dela. Jae-hee mal conseguia recuperar o fôlego de tanto que deu risada diante do meu choque em vê-la. Então ela disse, com aquele seu típico tom de voz atrevido:

— Por que você não come o rapaz logo de uma vez?

Antes que eu me desse conta do que estava acontecendo, já tinha estourado de tanto rir da piadinha dela, e em algum momento percebi que o homem que eu estava beijando havia desaparecido, e nem consigo lembrar agora como era o rosto dele. Porém, lembro, mais ou menos, o que Jae-hee e eu conversamos naquele estacionamento:

— Você vai guardar segredo na faculdade, né?
— Claro. Sou uma vagabunda falida, mas sou leal.
— Você não ficou surpresa? De me ver com um homem?
— Nem um pouco.
— Desde quando você sabia?
— Desde o momento em que coloquei os olhos em você.

O clichê de sempre.

Até aquele momento, eu não conhecia Jae-hee muito bem; ela era apenas uma garota que usava shortinho curto e que sempre era a primeira a sair correndo da sala de aula, desesperada por um cigarro. Na verdade, ela chegava bem perto de ter a pior reputação de todo o departamento.

Apesar de eu ter virado um excluído entre o pessoal do Francês da nossa faculdade, não foi sempre assim. No começo, os *seonbae*, os veteranos, ainda me convidavam para festas, só porque eu, por acaso, era um homem mais alto do que a média. Aquelas festinhas sempre seguiam o mesmo roteiro: os caras iam todos para o salão de sinuca ou para as salas de computadores primeiro, depois para um restaurante especializado em glutamato monossódico, onde o *soju* corria solto, depois escolhiam um dos quartos menos bagunçados dos *seonbae* para beber mais e conversar sobre garotas até a gente desmaiar aos roncos. Garotos-padrão de dezenove, vinte anos, falando sobre como eram fodões e como estavam comendo geral, como eram bons em satisfazer suas mulheres e quais meninas do departamento de Francês eram as mais fáceis. E o nome de Jae-hee era um que volta e meia vinha à tona. Ao ouvi-los contar suas histórias, que obviamente eram pelo menos metade ficção, e de saco cheio de me perguntar por que diabos eu tinha que aguentar aquela merda até na faculdade, cheguei ao ponto de gritar, bêbado: "Parem com essa mentirada, porra! Olhem só pra essas caras de *pinto de rato* que vocês têm", e virei a mesa. Nunca mais me convidaram para sair depois disso.

Como é da natureza de qualquer grupo, um membro que sai do rebanho está fadado a ser assunto de fofoca dali em diante. Cansado de ouvir suas críticas exaustivas a respeito do sexo feminino, fui eu que acabei arremessado no moedor de carne, e eles passaram a falar que eu tinha um jeito de gay e que dava rolê em Itaewon, fazendo sabe Deus o quê. Espalhavam boatos do tipo que interessaria apenas a um bando de adolescentes inocentes de dezenove anos, e metade era verdade. (A verdade sempre supera a ficção.) Mal havia passado um semestre quando o departamento quase inteiro já sabia quem eu era, e eu mesmo havia escutado os rumores que fizeram de mim o alvo das piadas de todo mundo. *Acho que nunca vou fazer amigos aqui, não com essa gente que não sabe beber e é uó de chata.* Enquanto eu me consolava com essas autojustificações, Jae-hee entrou na minha vida.

Depois de eu meio que ter sido tirado do armário por sair em defesa dela, nós dois desenvolvemos uma relação que consistia, em primeiríssimo lugar, em falar merda sobre os rapazes, já que nenhum de nós tinha tido antes alguém com quem compartilhar esses pensamentos e, por isso, estávamos desesperados para encontrar um confidente.

Jae-hee e eu não éramos muito ligados em castidade. Nem um pouco, para ser sincero, e pelo visto tínhamos fama por isso em nossas respectivas esferas. Jae-hee tinha 1,67 de altura e 50 kg, enquanto eu tinha 1,77 e 78 kg, ambos um pouco mais altos do que a média. Nenhum de nós, porém, era lá muito atraente, mas também não éramos nenhuma causa perdida. Apenas o suficiente para não constranger nenhum parceiro (repare que, quando eu ganhei a Premiação de Novos Escritores na categoria ficção, os comentários dos juízes foram uníssonos ao louvar minhas capacidades de "julgamento objetivo de si mesmo"). O mundo simplesmente não estava pronto para a energia incontida daquele pessoal de vinte anos pobre e promíscuo. A gente se encontrava com os homens que a gente quisesse, sem dedicar muito esforço a isso, bebíamos até cair e, na manhã seguinte, nos encontrávamos um no quarto do outro para aplicar máscaras cosméticas em nossos rostos inchados e trocar fofocas sobre os homens com quem havíamos saído na noite anterior.

— Ele trabalha numa empresa que fabrica equipamento de trilha. Pau pequeno, mas as preliminares foram boas. Acho que vale uns cinquenta pontos.

— Ele diz que frequentou a Universidade de Yonsei, cursou Estatística, mas acho que é mentira. A expressão no rosto dele era vazia, e eu tinha vontade de rir, porque, sempre que ele falava alguma coisa, ficava óbvio que na cabeça dele também não tinha nada.

— Ele tentou gravar um vídeo da gente na cama. Joguei o celular dele longe, para o outro lado do quarto. Ele falou que não ia compartilhar com ninguém, como se eu fosse cair naquele papo-furado.

E, depois que a gente tirava sarro dos homens da noite anterior, nossos olhos começavam a se fechar e a gente pegava no sono, um do lado do outro, com as máscaras secas coladas no rosto. Como sou de acordar cedo, levantava primeiro e deixava Jae-hee descansar um pouco mais, coberta até a cabeça com a colcha, enquanto eu fervia um caldo de escamudo ou macarrão instantâneo. Quando ficava pronto, Jae-hee finalmente se levantava, sentindo o cheiro de comida, e tomava o café da manhã com porções de *kimchi* azedo e arroz frio. Em algum momento, apareceu no quarto de Jae-hee um novo conjunto meu de cera de depilar e gilete, enquanto o meu quarto passou a ter o lápis de sobrancelha dela e seu pó compacto MAC. Ela não sabia disso, mas quando eu ficava sozinho, eu usava o lápis dela para preencher as falhas na minha sobrancelha e me servia do seu pó compacto para aplicar, sem muita dedicação, uma camada ou duas de corretivo nas bochechas e na testa. E isso me deixou com uma pulga atrás da orelha, pensando se Jae-hee também usava escondido a minha gilete nas pernas ou nas axilas e não me contava.

Jae-hee parou de falar com a mãe e o pai na primavera em que completou vinte anos. Nenhum de nós dois tinha a melhor das relações com nossos pais. Não que eles fossem de todo ruins ou diferentes dos típicos conservadores da classe média. Como acontece com os pais da maioria das pessoas, costumavam encher o saco dos filhos com relação a bons modos e a como se comportar, ao mesmo tempo que, nas próprias vidas privadas, eles se entregavam alegremente a casos amorosos, ao fanatismo religioso e à bolsa de valores ou esquemas de pirâmide. Eu tinha uma relação bem parasitária com os meus, no sentido de que, por mais que detestasse meus pais, eu me sentia no direito de receber cada moeda que eles me dessem (será que foi por isso que meu comportamento foi ficando cada vez mais malcriado?) quando eu recebia algumas centenas de milhares de wons como mesada. Jae-hee, por outro lado, cortou relações com os pais depois de uma briga feia que tiveram e se recusou a receber qualquer forma de apoio financeiro depois disso. Ela tinha mesmo o coração de uma leoa.

O primeiro emprego de sua vida foi num café chamado Destiné, escolhido por ela não por causa do grande letreiro com o nome francês, mas porque era um dos únicos lugares na vizinhança onde era permitido fumar. Vê-la tragando enquanto manejava as máquinas de espresso era uma cena de pura fofura de uma garota de dezenove anos totalmente alheia ao mundo. Sempre que havia um homem na minha vida, eu o levava até o Destiné para Jae-hee avaliar, e toda vez ela me dizia que os homens de que eu gostava eram uns tarados com uma personalidade típica de gente escrota. Pensando em retrospecto, ela tinha razão.

De dia, Jae-hee era barista, enquanto à noite ela trabalhava como professora particular, depois bebia até amanhecer, como se fosse um terceiro emprego. Mas ela nunca perdia uma aula que fosse, suas notas eram decentes e, embora fosse acima da média em qualquer coisa em que se aplicasse, esse talento não se estendia à sua habilidade de escolher homens que não fossem problemáticos ou à de dar um pé na bunda deles quando chegasse a hora. E era por isso que, volta e meia, sobrava para mim, que acabava despachando os homens dela por mensagem de texto.

Eu, por outro lado, tinha muita prática nessa habilidade — pelo menos indiretamente — devido a todas as coisas que ouvi sair da boca dos homens que se recusaram a me ver de novo, coisas que eram fáceis de regurgitar assim, de supetão. Eu costumava me ver como o capacho de um restaurante de *naengmyeon*: você só precisa limpar os pés nele e seguir em frente (olhe aí o "julgamento objetivo de si mesmo"!).

Por volta da época em que "Abracadabra", das Brown Eyed Girls, conquistou a península coreana, fui convocado para o serviço militar nacional. Por causa da história de um conhecido que estava servindo e recebeu uma carta do namorado que começava com "Meu *hyung* amado" e acabou sendo tirado do armário por isso — o que gerou torturas indizíveis durante os seus meses de exército —, eu instruí K., o cara com quem eu saía, para que me escrevesse usando o nome de Jae-hee. Ela era uma cortina de fumaça útil nessas horas. Pedi não só para K., mas também para a Jae-hee de verdade, que me escrevesse algumas besteiras engraçadas enquanto eu estivesse lá, mas, sabendo o quanto ela era preguiçosa com esse tipo de coisa, eu não tinha grandes expectativas.

Porém, durante a segunda semana de treinamento, quando as cartas começaram a chegar, senti meu coração sair pela boca. Diferentemente de K., que agia como se estivesse pronto para me doar o fígado ou o baço se eu pedisse, mas acabou me escrevendo apenas uma única carta em duas semanas (e que não dava nem mesmo uma página inteira), Jae-hee me escreveu doze. No começo era só conversa fiada sobre os seus dias de tédio ("Eu estava bebendo no Squid Ocean e sem querer virei a mesa") ou ela xingando as pessoas do nosso departamento ("aquele porra-louca do Cheol-gu me chamou para dormir com ele, sendo que eu sei que ele fala merda de mim pelas minhas costas, esse homem é tão nojento quanto a cara dele"). Mas, conforme os dias foram seguindo, ela passou a me escrever mais sobre as vezes em que estávamos juntos e o quanto ela sentia saudade de mim. Na sua última correspondência, ela chegou até a afirmar: "Precisamos falar sobre como a gente só descobre que uma coisa é preciosa quando a gente perde. Que nem você" — só Deus sabe de onde ela tirou aquilo — e, por mais que eu soubesse que ela estava bêbada quando escreveu aquela carta, quase fui levado às lágrimas ao ler aquilo. Isso me inspirou a pegar uma folha de papel timbrado do exército e começar a minha resposta com "À minha querida e feiosa Jae-hee", me esforçando muito para manter a letra estável.

Por volta do período em que o meu treinamento acabou e eu fui designado ao meu regimento, tive notícias de que Jae-hee tinha feito as pazes com os pais e, graças a eles, estava sendo enviada à Austrália para um intercâmbio. Ela também me contou que K. andava agindo de um jeito meio suspeito e sugeriu que eu o interrogasse quando tivesse a oportunidade (não demorou muito para ver que os instintos dela estavam corretos). Jae-hee cumpriu seu papel como minha namorada leal durante os meus seis meses de serviço militar, até o incidente que me rendeu uma dispensa médica.

Quando fui enxotado de volta à sociedade civil — e de volta à casa da minha mãe —, Jae-hee já estava na Austrália. O que significava que eu teria que ficar metade do ano sem a sua presença, até ela retornar. Sem ter muito o que eu quisesse fazer de verdade ou gente que eu quisesse ver, eu passava a maior parte do dia na cama, no meu quarto, comendo e dormindo. Minha *omma* era o tipo que achava aquela atitude a coisa mais desprezível do mundo e a sua constante encheção de saco uma hora acabou me levando a procurar um cantinho só meu, uma unidade *goshitel* minúscula perto do campus, onde pude finalmente ficar sozinho.

*

Chegou o novo ano, e eu estava lá para encontrar Jae-hee quando ela aterrissou no Aeroporto Internacional de Incheon. Ela me viu ali parado no portão de desembarque, soltou a sua mala de rodinhas e veio correndo me dar um abraço. O cheiro de cigarro no cabelo dela me fez cair a ficha de que enfim estávamos juntos de novo.

Quase imediatamente após Jae-hee voltar à Coreia, ela arranjou para si uma quitinete de 32 metros quadrados, se matriculou num cursinho *hagwon* de inglês e começou a estudar pesado para subir sua pontuação no TOEIC. Também tirou um diploma em Economia, entrou para um clube de marketing e começou a ficar igual a todos os outros graduandos que se preparam para entrar no mercado de trabalho. Essa nova Jae-hee me pareceu estranha, mas, quando a vi saindo para beber sete dias por semana, como era de costume, tive certeza de que aquela era a boa e velha Jae-hee, afinal de contas.

Não demorou muito, após Jae-hee se mudar para seu novo apê, para ela começar a reparar em algo perturbador. Toda noite, às dez horas, um homem vinha até o seu prédio e ficava olhando a janela dela.

— Bem, é muito raro alugarem por depósito *jeonse* hoje em dia, talvez ele seja corretor de imóveis.

Apesar da minha resposta despreocupada, eu estava um pouco incomodado com aquilo. Uma vez, ela me disse que estava de calcinha, secando o cabelo, quando os dois cruzaram os olhares. Jae-hee acrescentou que o pé-direito lá era baixo e ela morava só no segundo andar, por isso seria fácil para ele subir até o apartamento dela pela varanda. Se ela estava tão preocupada, por que não me deixava dormir lá por umas noites, já que, apesar de tudo, eu ainda era um homem? Jae-hee respondeu que não estava tão preocupada com isso, mas que as noites lá eram *sim* um tédio, e ela não achava ruim ter companhia.

Como um menininho indo numa excursão da escola, coloquei na minha mala cuecas, uma regata e uma bermuda para servirem de roupa de dormir e fui para o apartamento de Jae-hee. Fizemos curry japonês e assistimos a um programa imbecil na TV, em que um grupo de comentaristas dava conselhos sobre a vida amorosa das celebridades, enquanto a gente criticava tudo que eles falavam. Eu estava deitado na cama mexendo no celular enquanto Jae-hee tomava banho. Ela havia acabado de sair do chuveiro e estava enxugando o cabelo quando avistei uma sombra atrás da cortina. Eu estava olhando para ela, meu cérebro tão em branco quanto uma folha de papel, quando minha amiga foi até a janela e puxou a cortina. Um homem, magrelo varapau, estava agachado ao lado do ar-condicionado lá fora. Mal tive tempo de pensar *Minha nossa, é verdade*, quando Jae-hee, numa série de gestos perfeitamente executados, abriu a porta de correr que dava para a varanda e desferiu um chute na cara do homem atordoado, que caiu para trás. Ele gemeu e levantou a cabeça, com sangue jorrando do nariz e da boca. Jae-hee havia sido criada numa vizinhança onde a educação era levada a sério, por isso fez aulas de piano e taekwondo desde o jardim de infância, chegando ao segundo *dan* da faixa preta na segunda série; esse era o poder de começar cedo. Agarrei o homem, que àquela altura estava quase inconsciente, e gritei para Jae-hee ligar para o 112 (polícia) e o 119 (ambulância). Foi difícil não dar risada.

Quatro dias depois, eu estava colocando todas as minhas coisas numa mala para me mudar de vez para o apartamento de Jae-hee.

Não tínhamos contrato nem nada. Concordei em pagar 300.000 wons para ela de aluguel e metade das contas. Muitas das minhas coisas já estavam lá, em todo caso, e 32 metros quadrados eram mais que suficientes para duas pessoas viverem com conforto. Além do mais, nós dois estávamos chegando à metade dos nossos vinte e tantos anos sem jamais ter tido um relacionamento de verdade, o que significava que a pessoa mais íntima que tínhamos na nossa vida era um ao outro.

Jae-hee era boa em fazer conservas doces de folha de perila com molho de soja e eu tinha a minha receita especial de espaguete apimentado ao vôngole. Eu era um especialista em lavar a louça até ficar impecável, e a alma corajosa de Jae-hee lhe conferia a capacidade de desentupir o ralo do chuveiro cheio de cabelos. Depois de me ver comendo mirtilos congelados, ela passou a ter sempre o congelador cheio de sacos tamanho família de mirtilos americanos.

Em troca, eu comprava seus cigarros favoritos, o Marlboro vermelho, e deixava os maços ao lado dos mirtilos no congelador. Jae-hee dizia que adorava a sensação fria nos seus lábios sempre que ela fumava o primeiro cigarro de um maço novo.

2.

Quando Jae-hee disse que ia se casar, a primeira coisa que falei foi: "Você está grávida?" Ela comentou que aquela era exatamente a mesma reação de todo mundo, sem exceção, e caiu na gargalhada. O surpreendente era que não era o caso, e ela tampouco tinha chegado perto de engravidar. Foi simplesmente como as coisas transcorreram — era assim que ela colocava a situação. E por isso fui levado a pensar que daquela vez era sério.

Jae-hee? Casando?

Eu não conseguia acreditar. Era mais provável eu arranjar uma noiva do que ela um noivo. Jae-hee parecia distante demais da ideia de estabilidade e sossego.

*

Quando estávamos com nossos vinte e tantos, Jae-hee bebia e saía com vários homens, como se fosse um esporte olímpico e ela estivesse competindo pela medalha de ouro. Considerando que eu odiava perder e, para começo de conversa, curtia birita e homens, eu também bebia e saía com um homem diferente a cada noite. E a cada manhã eu tinha de novo a mesma percepção de que o mundo estava repleto de pessoas solitárias, enquanto me despedia do aglomerado de motéis do distrito de Jongno com o cabelo todo desgrenhado. Alguns dos homens com quem eu me encontrava queriam mais do que só uma noite de sexo e bebedeira. Não importava quantas vezes eu recusasse, eles insistiam em querer namorar comigo e ameaçavam me encontrar no meu apartamento, e era nesse momento que eu dava um corte neles dizendo que eu dividia o lugar com um colega.

— Um colega?

Após discutirmos como a gente faria para contar para um parceiro sobre nós, Jae-hee e eu decidimos que a versão masculina dela seria Jae-ho, um suposto colega do departamento, e eu seria a linda Ji-eun, uma amiga da sua cidade natal. Em nossos mundinhos, nós vivíamos como Jae-ho e Ji-eun, as desculpas perfeitas para que os homens mantivessem distância.

Por exemplo, Jae-hee poderia receber do seu namorado (temporário) uma mensagem de texto:

Ei, Jae-hee, por que você desligou o celular ontem à noite? E não viu as minhas mensagens?

Ai... Ji-eun passou mal. Fiquei a madrugada toda com ela na emergência! ("Ji-eun" estava perfeitamente bem, roncando em casa enquanto Jae-hee virava cinco garrafas de *soju* com os caras da faculdade).

Hyung, *você está livre esta semana?*

Desculpa. Jae-ho e eu vamos ao rio Han tomar cerveja ("Jae-ho" devia estar ocupado transando com homens, e eu provavelmente também ia trepar com outra pessoa antes de lhe dar um pé na bunda).

Esse tipo de coisa.

O quinto ou sexto homem de Jae-hee havia largado a escola técnica, onde aprendia a consertar aquecedores de água, e agora pulava de uma boate anônima para outra, supostamente dando uma de DJ. O meu oitavo ou nono namorado também foi "DJ" em Itaewon. Havia tantos DJs em Seul que eu me perguntava se não devia ter alguma agência de controle para entregar alvarás e garantir a qualidade das playlists. Mas o que eu conheci era bem-dotado, tinha um monte de tatuagens, botava música boa para a gente transar e tinha a dose certa de burrice, o que nos permitiu ser um casal bem normal por um tempinho. No entanto, depois de dois meses, ele disse que me amava, mas não conseguia fazer o esforço necessário para me amar quando eu estava bêbado (quando eu cantava na rua e o beijava e xingava, depois armava um escândalo antes de inevitavelmente desmoronar, aos prantos, no final de tudo), por isso inventou que não poderia mais me ver, o que me deixou com um rancor bem racional contra todos os DJs. Jae-hee, que não fazia ideia dos meus sentimentos complexos, falava do novo namorado com o rosto cheio de alegria e empolgação:

— O cabelo dele é tão comprido que ele usa duas tranças. Parece uma boneca. É hilário quando a gente transa.

Ela me mostrou uma foto dele na qual ele não parecia nada hilário, com um olhar cruel que me fez pensar que ele poderia virar um escroto num piscar de olhos. Ele insistia que Jae-hee levasse Ji-eun (vulgo eu) para a balada, porque ele queria ver a minha cara, mas Jae-hee sempre recusava, na lata.

— Ela é muito, muito tímida.

A Ji-eun muito, muito tímida estava, na verdade, dando uma espiadinha, sentada na mesa ao lado da de Jae-hee e o seu novo namorado, ouvindo a conversa deles e discretamente analisando o homem de cima a baixo. Seu modo de falar, suas expressões faciais, tudo a respeito dele me dava um mau pressentimento.

— Jae-hee, por que você gosta desse cara?
— Não sei. Porque ele me trata bem?
— Você só está dando bola para ele porque o pau dele é grande, não é?

O rosto de Jae-hee parecia o de Moisés encarando a sarça ardente quando ela me perguntou como era que eu sabia daquilo. Minha resposta era puro despeito e ciúmes:

— É meu talento divino.

Maravilhada, Jae-hee admitiu que eu tinha razão, a única coisa boa nele era o tamanho de sua genitália, ao que eu respondi que, em verdade vos digo, sem dúvida aquilo era inconsequente e que ela deveria abandoná-lo e voltar para o caminho da luz, ao que ela jurou entregar-me qualquer homem doravante para inspeção, agarrando a minha mão e olhando para mim como uma verdadeira fiel. Assentindo, sabiamente, eu abracei a pobre alma de Jae-hee.

E, infelizmente, o meu talento divino foi comprovado mais uma vez.

Um dia eu estava chegando em casa depois das minhas aulas e dei de cara com o rosto de Jae-hee pálido como um lençol. Na mão dela havia um teste de gravidez caseiro. Sem nem colocar a mochila no chão, olhei para os dois riscos do mostrador. Fiquei boquiaberto.

— Meu Deus, você não consegue se conter e fazer uma coisa de cada vez, não?
— Estou fodida, não estou?
— Como assim, "fodida"? Pega sua bolsa, vamos para a clínica.
— Claro, é o que a gente precisa fazer, mas tem um problema.
— Qual?

— Estou completamente falida. Sem um centavo.
— Você não fez esse bebê sozinha, vamos depenar o cara.
— Aí está o verdadeiro problema.
— Qual é o verdadeiro problema? Desembucha logo.
— Não sei quem a gente tem que depenar.

Segundo a história que se seguiu, o DJ idiota por quem ela estava com os quatro pneus arriados era decente na cama, mas tinha uma personalidade terrível, que se agravava ainda mais quando ele bebia. Para piorar, ele era burro o suficiente para acreditar que aquela personalidade dele era a prova de uma alma artística, o que fez com que Jae-hee ficasse mais determinada do que nunca em lhe dar, enfim, um pé na bunda. Ela havia acabado de ser apresentada por um colega de trabalho do café a um aluno de Artes que tinha a nossa idade. Só depois ela foi descobrir que ele tinha pulado fora da faculdade de Artes e trabalhava como tatuador. No dia em que ela saiu para um primeiro encontro às cegas com ele, eu por acaso estava passando a noite em outro lugar; ela não teve escolha (?) a não ser trazê-lo para o nosso apartamento e fazer um sexo selvagem com ele. Sem camisinha, porém. É da natureza humana ter dificuldades na primeira vez, e aí a coisa vai ficando mais fácil a cada repetição, o que quer dizer que Jae-hee fez sexo sem proteção mais algumas vezes. Com os dois caras.

— O DJ é melhor de cama e o tatuador é mais bonito, o que me deu muito o que pensar.

Hoje, na Grande Era da Informação, era de imaginar que ela teria processado os seus pensamentos com uma rapidez maior, como uma pessoa normal, mas Jae-hee estava presa naquele dilema insolúvel e passou três meses quicando que nem uma bolinha de pingue-pongue entre os dois homens. Falei para ela que, se ela tivesse esse dilema mais duas vezes, teria filhos o suficiente para encher um orfanato, uma piadinha que ela ignorou. Jae-hee me mostrou uma foto no celular. O rosto do tatuador, ela disse. O homem que me mostrou tinha um cabelo mais curto que o do DJ, mas, de resto, era parecido demais com o outro, e tão magrelo quanto uma anchova seca, do tipo que não dá nem para ferver e fazer caldo.

— Ele parece igual ao outro. Dá muito bem para você ter o filho e dizer que qualquer um dos dois é o pai.

Jae-hee parecia estar baixo-astral demais para sequer rir da minha piada. O mais estranho foi que ela começou a murmurar coisas como: "Eu devia ter bebido menos... mal tenho dinheiro para comer... não posso pedir dinheiro para a minha *omma*. O que eu faço?" Aquilo era tão irritante que eu simplesmente respondi:

— Esqueça os dois. Eu dou o dinheiro para você.

— Ei... Aí já seria demais.

— Não vou dar de graça. Espero receber de volta, com juros. Mas, por agora, vamos só resolver isso de uma vez, pode ser?

— Sério? Você está falando sério? Você é o melhor. Obrigada.

Jae-hee trocou de roupa, tirando o jeans que ela estava usando para colocar um vestido com elástico na cintura, e começou a passar maquiagem. Seu batom era de uma cor que eu nunca tinha visto antes, e, quando eu perguntei quando foi que ela tinha comprado aquilo, ela juntou os lábios algumas vezes no espelho e disse que havia comprado numa loja de departamento da Hyundai alguns dias antes. Sem conseguir me controlar, eu reclamei:

— Como é que pode você estar passando um batom da Dior numa hora dessas?

Como se eu tivesse o direito de lhe dar bronca, como se eu já tivesse feito qualquer coisa por ela em minha vida. Ela estava calçando os tênis como se fossem chinelos, sem se dar o trabalho de enfiar os calcanhares. Falei para as costas dela:

— É você quem vai passar por uma cirurgia, por que eu que estou nervoso?

— Não vai ser nada de mais. Pense que vai ser que nem espremer uma espinha.

— Não é a mesma coisa.

Eu disse isso com um resmungo, mas me sentia um pouco aliviado. Beleza, se ela mesma estava de boa, eu não precisava ficar todo dramático. Sua personalidade impenetrável (beirando a insensibilidade) que normalmente me irritava era uma imensa fonte de alívio naquele momento.

Fomos a um ginecologista próximo. Ela disse que o médico da clínica era grosseiro, e o lugar, uma pocilga, mas havia passado a frequentar lá quando começaram a oferecer desconto de 40% em vacinas contra HPV. Se o especialista fazia abortos era uma questão à parte.

— Será que você não devia ter pesquisado isso antes na internet? — perguntei.

Mas nem a pau Jae-hee ia passar um microssegundo que fosse pensando naquele tipo de coisa. Ela disse que, se ele não fizesse, então iríamos a outro lugar. Ninguém era melhor que ela em tratar decisões importantes da vida na base do improviso.

A clínica era uma pocilga mesmo. Éramos os únicos lá, por isso Jae-hee conseguiu ver o médico assim que fez o seu cadastro.

Fiquei sentado esperando num sofá tão velho que tinha marcas permanentes de bunda nos assentos. Nas paredes, havia cartazes sobre todos os tipos de vírus, as doenças que eles causavam e os remédios milagrosos que as curavam, bem como uma pequena lousa anunciando descontos para o verão de depilação a laser, Botox e preenchimentos. Li tudo enquanto esperava Jae-hee, pensando quanto custaria para deixar minha cara de panaca mais tolerável. Estava demorando mais do que eu esperava para ela ser atendida. A jovem enfermeira sentada na recepção bocejou. Eles não iam fazer o procedimento naquele dia, não é? Por que estava demorando tanto...?

Enquanto tirava o papel de umas balinhas com sabor de ameixa que estavam na mesa e as colocava na boca, pensei na clínica de urologia que eu havia visitado fazia uns meses. Tinha o mesmo clima.

No início, minha uretra ardia um pouco quando eu fazia xixi, mas depois de um tempo foi ficando desconfortável a ponto de parecer que alguém a estava espremendo, o que me fez procurar atendimento. E, já que eu ia à clínica perto da estação de metrô da faculdade, imaginei que deveria levar junto o aluno de Engenharia com quem eu estava saindo na época. Parecia o certo a se fazer, porque havíamos transado algumas vezes àquela altura. Um erro inocente da minha parte.

Depois de fazer xixi no copinho e mandar para análise, descobri que o resultado não era uma IST dramática, só a minha uretra infeccionada por germes, o que gerou uma consequente inflamação.

— Não sabia que dava para pegar uma infecção aí — murmurei para mim mesmo.

Nisso, o médico, com uma expressão preocupada no rosto, começou uma palestra não solicitada sobre como havia muitos tipos de bactéria na genitália feminina e que, em alguns casos, podiam infeccionar a uretra. Sentindo-me estranhamente culpado, fechei a porta do consultório atrás de mim, com a cara vermelha. Um pouco constrangido, fui até a sala onde aplicavam as injeções, e já estava deitado com a calça meio arriada quando escutei dois enfermeiros, no meio do silêncio, conversando entre si atrás de um biombo:

— Você viu aqueles dois? Estou certo, não estou?

— Sim. Bichonas.

— Porra, que nojo.

Antes que conseguisse me conter, soltei uma gargalhada. O aluno de Engenharia que me acompanhou até lá disse que não havia o menor vestígio de infecção na amostra dele. Fiz piada com o que tinha escutado na salinha de injeções, mas o aluno de Engenharia se enfureceu na hora e exigiu ver os dois escrotos que tinham falado aquela merda. Ao observar a reação dele, enfim percebi que eu também devia ter ficado irritado com aquilo desde o começo e que eu tinha uma tendência a dar risada em situações em que era para eu sentir raiva. A injeção que recebi naquele dia foi dolorosa e saí com o aluno de Engenharia mais umas vezes antes de ficar chato e eu parar de responder às mensagens dele.

Em meio às minhas lembranças dos grandes amores que tive no passado, de repente ouvi Jae-hee dar um grito lá do consultório. A enfermeira que a acompanhava abriu a porta e me disse, com uma expressão pesarosa:

— Acho melhor você vir aqui.

Lá dentro, nem o médico, nem a paciente pareciam ter as mínimas condições de prestar atenção em mim. O médico de meia-idade, com uma expressão de raiva no rosto, brandia uma pequena imagem de ultrassom bem debaixo do nariz de Jae-hee.

— Isso é tudo por causa de como você vive a sua vida. Entendeu?

— Foda-se, não aguento mais.

Bem na hora em que o médico ia dizer mais alguma coisa, Jae-hee pegou a bolsa e se levantou. E não foi só isso que ela pegou, mas também a réplica de um útero em 3D que estava na mesa. Eu só tive tempo de pensar *Quê?* antes que ela saísse do consultório com ele na mão. O médico se levantou e gritou:

— Ei! Devolva isso aqui!

Jae-hee havia desaparecido que nem vento, e não tinha sentido ir atrás dela. Afinal, ela havia sido campeã de corrida até o fim do ensino fundamental.

Fiquei para trás e tive que pagar a consulta: 48.900 wons. Lamentando a situação toda, falei para a enfermeira:

— Vou devolver o útero para vocês já, já. Ela não tem muita resistência, não deve ter ido longe.

A enfermeira me respondeu com um suspiro profundo.

E foi tiro e queda. Jae-hee estava a apenas alguns passos de distância da entrada do prédio, abraçando a réplica de útero e apoiada num poste de luz. Assim que me viu, ela acenou com o braço e pediu fogo. Saquei um isqueiro do bolso e o estendi para o Marlboro vermelho em sua boca. Jae-hee ficou olhando a réplica de útero e disse:

— Esse negócio é velho pra caralho.

— Ele deve ter comprado quando se formou. Diz lá que ele entrou para Medicina na SNU em 1988.

— E como você descobriu *isso*?

— Estava tão entediado que li a licença médica dele na parede.

— Tomei uma decisão. Nunca vou me meter com esses merdas da Universidade Nacional de Seul.

— Esquece a SNU por um minuto aí, foda-se ela. Por que você fez isso? Se ele não ia fazer o procedimento, era só ter ido embora.

— Eu não teria gritado com ele daquele jeito sem nenhum motivo. Ele é um psicopata. Escuta só.

Assim que ela contou que estava grávida, o médico na hora a fez deitar na maca e examinou a barriga dela com um aparelho de ultrassom. Os resultados mostravam que o feto (como ele chamou aquele punhado de células) tinha cerca de oito semanas.

— Ele exigiu que o pai viesse ver, e eu disse que você não era o pai e que, na verdade, eu não fazia ideia de quem era.

— Você ia morrer se mentisse para ele? Era só inventar qualquer merda!

— Você sabe que não consigo mentir.

O que era uma mentira por si só — a verdade era bem o oposto —, ela simplesmente era incapaz de mentir quando de fato precisava. O médico começou a dar uma aula sobre preservativos e a necessidade de uma vida casta, o que durou uns vinte minutos. Ele foi folheando o prontuário dela e disse que suas crises recorrentes de infecção urinária podiam ser resultado de práticas sexuais promíscuas, e então começou a lhe dar uma bronca por causa de sua devassidão e hábitos alcoólicos descontrolados. Jae-hee, ao reparar na cruz pregada na parede, engoliu a raiva e respondeu:

— Sabe, é graças a piranhas que nem eu que você consegue ganhar a vida.

— Só digo isso porque você é como uma filha para mim. O que você vai fazer no futuro sendo tão imoral assim? Você sabe qual é a pior coisa para o corpo de uma mulher? Promiscuidade e sexo sem proteção. Você não entende?

— Na verdade, engravidar e parir são as piores coisas para o corpo de uma mulher.

— O que você está dizendo?

— Li na internet. Um feto é basicamente um objeto estranho alojado dentro da mulher. E não tem nada pior para o corpo do que engravidar e parir. Então só faz logo o aborto.

— Quem diz isso?! Quem?!

Irritado, o médico, elevando o tom de voz, lhe deu uma outra aula que durou mais uns três minutos sobre o horror que era a internet e a ignorância das massas que se recusavam a confiar em pessoas com formação na área, depois puxou o ultrassom e o balançou na frente dela.

— Tem uma vida já crescendo dentro de você. Por que não consegue compreender que o seu corpo é um templo sagrado?

— Chega dessa baboseira de sagrado, doutor. Só me diz logo se vai fazer ou não a cirurgia.

O médico então prosseguiu com mais uma palestra sobre a importância da virgindade dela (perdida fazia tempos), o que foi a gota d'água para Jae-hee, que começou a berrar.

Quase vomitando de raiva enquanto me contava tudo isso, ela disse:

— É menor que um amendoim. Como isso poderia ser uma pessoa?

— Beleza, eu entendo isso. Entendo tudo isso, mas talvez roubar a réplica de útero deles não seja do seu maior interesse no momento...? Isso é importante para eles.

— Por isso que roubei.

— É um bom argumento. Isso é muito a sua cara.

Eu dava risadinhas enquanto fumava um cigarro com ela. Logo vi a enfermeira do ginecologista vindo na nossa direção. Ainda tão inexpressiva quanto antes, quando estava sentada na recepção, ela estendeu a mão para Jae-hee.

— Srta. Jae-hee. Por favor, me entregue isso.

— Ah, *unni*, peço desculpas por tudo isso, mas ele foi um tremendo de um escroto.

— Sim, eu sei. É um velho desgraçado que deixa todo mundo louco, mas fazendo isso você só dificulta as coisas para mim.

Jae-hee apagou o cigarro na calçada.

— Beleza. Mas só estou devolvendo por sua causa.

Como se ela tivesse escolha. A enfermeira pegou a réplica que lhe foi entregue.

— Tem uma clínica perto da Universidade Feminina de Sungshin. Eles fazem abortos lá e o serviço é bem melhor. É onde eu me consulto.

— Muito obrigada, *unni*!

Jae-hee de repente abraçou a enfermeira e disse que ia pagar uma bebida para ela depois que tudo terminasse. Pegou o número de telefone dela e tudo. *Mas que porra*, eu pensei, *ela acha que dinheiro para bebida simplesmente cai do céu?*

Mas eu precisava admitir que, se fosse para eleger uma única coisa que Jae-hee tinha de melhor, eu definitivamente escolheria o seu carisma.

E assim chegamos ao ginecologista perto da Universidade Feminina de Sungshin, onde me senti intimidado pelo imenso letreiro cor-de-rosa na frente do prédio. Jae-hee reparou na minha reação e comentou:

— Não parece que a gente é a própria Marcha Pró-Aborto?

Dei uma risada forçada e fomos caminhando de braços dados para dentro da clínica.

O lugar era como uma dessas cafeterias de franquia, espaçoso, limpo e com funcionários roboticamente educados. Apesar de estarmos no meio da tarde, havia muitos pacientes na sala de espera. E eu era (é claro) o único homem ali. Para dar a impressão de que estava 100% à vontade, eu me sentei no sofá e abri um exemplar da *Cosmopolitan*. Estava repleta de artigos sobre "Como fazer um sexo saudável e bonito", os "Diferentes orgasmos dos diferentes gêneros" e outros temas que pareciam uma completa abstração para mim. Estava me perguntando como eu poderia parar de roer as unhas de nervoso quando Jae-hee voltou. Ela tinha um sorriso radiante no rosto quando sussurrou para mim:

— Eles vão fazer.

Quatro dias depois, ela passou pelo procedimento. Paguei em três parcelas; um pouco menos de 700.000 wons ao todo. Nós pegamos um táxi de volta para casa depois disso. Assim que ela chegou, foi direto para a cama, o que foi bem atípico, e, por isso, decidi fazer uma sopa de algas para ela. Como eu nunca tinha preparado aquilo do zero, errei a quantidade de algas secas necessárias e acabei hidratando o que parecia ser uma perfeita plantação de algas na pia. Agarrei um punhado como se fosse uma peruca e, dali da pia, balancei aquilo no alto, gritando:

— Olha só isso. Se eu não sou o maior idiota do mundo, não sei quem é.

Mas Jae-hee nem se deu o trabalho de virar a cabeça na minha direção. Em qualquer outra ocasião, ela teria gargalhado junto comigo. Falei para as costas dela:

— Está doendo muito?

— Você quer mesmo saber?

— Não. A sopa vai ficar pronta já, já.

A primeira sopa de algas que eu tinha feito na vida acabou sendo um fracasso completo. Não consegui acertar a temperatura para cozinhar a carne no óleo de gergelim, o que acabou dando a ela um gosto amargo, e nem todo o sal do mundo seria capaz de dar alguma graça àquele caldo. Jae-hee deu umas três colheradas e voltou para a cama. Ela soltou um gemido seguido de um suspiro, e depois disse:

— Cigarro.

— Nem a pau! Até quando a gente faz cirurgia de pálpebras duplas eles mandam ficar quatro dias de repouso.

— Cigarro!

Eu tirei um maço novo para ela do congelador. Jae-hee botou o filtro amarelo do Marlboro vermelho na boca e deu uma tragada deliciosa.

— Que droga. Acho que vou sobreviver.

Duas semanas depois, Jae-hee retornou ao mundo do alcoolismo funcional.

*

Certa noite, fomos despertados de nosso torpor alcoólico de sempre por alguém gritando:

— Vem aqui fora, seu filho da puta do caralho!

… junto com outras convocações vociferantes daquela mesma natureza. Cobri a cabeça com um cobertor. *Que cuzão do caralho, por que esses idiotas não podem simplesmente ir para casa se não aguentam a bebedeira?* Mas assim que tentei pegar no sono de novo, de repente tive a sensação de que o nome que ele estava gritando era vagamente conhecido. Meio que parecia ser o *meu* nome. Jae-hee se levantou, esfregou os olhos e disse:

— Acho que é para você. Melhor descer lá.

Ao abrir a janela, vi o aluno de Engenharia que me acompanhou no urologista parado ali em pé na rua. Ele nem era muito de beber, mas lá estava ele, caindo de bêbado e berrando coisas como "Seu gay desgraçado", "Seu veadinho", "Sua bichona" — o de sempre. *Meu Deus, as coisas que vivi para ver*, pensei enquanto ia arrastando os pés nos chinelos sobre os degraus, descendo a escada, só para levar um tapa na cara assim que me aproximei. Tinha alguma coisa a ver com o fato de eu ter pisado na sinceridade do amor dele e agora precisava pagar por isso? Ele gritou que ia contar para a minha família que eu era homossexual e que eu era um trapo tão imundo que nunca ia ter como lavar. *Que porra é essa que você está falando da minha família?*, pensei, e então me dei conta de que já o tinha despistado de vir até a minha casa alegando que eu morava com parentes. Jae-hee desceu de pijama e murmurou:

— Essa merda já acabou?

Ignorando toda a pancadaria que estava rolando na frente dela, ela começou a fumar. O aluno de Engenharia me deu um empurrão, foi até Jae-hee e disse:

— *Nunim*, escuta só o que o seu irmão mais novo fez comigo.

E então começou a descrever os homens todos com quem eu andava transando e as posições sexuais de que eu gostava e como eu tinha gordura no quadril, mas nenhuma na bunda, e a falta de resposta de Jae-hee o levou a agarrar o meu pescoço de novo e gritar:

— Você vai ficar doente e morrer, caralho! — ele ficou repetindo, como se fosse um rap ruim.

Eu bocejei e respondi:

— Você devia participar daquele programa *Show Me the Money*.

Ele gritou mais um pouco e desabou no chão, aos prantos.

— Amar alguém não é crime!

— Não, amar não é crime, mas o que você está fazendo agora com certeza é, um dos grandes, aliás... Só dormi com você algumas vezes antes de lhe dar um pé na bunda... Acho que você pode estar exagerando só um pouquinho...

Enquanto eu o consolava, Jae-hee ficava dando aquelas risadinhas entrecortadas que pareciam peidos antes de vir me ajudar a levantá-lo.

— Ei. Vamos sair para beber.

E antes que eu pudesse impedi-los, os dois foram, de braços dados, e me deixaram para trás. Quando tentei segui-los, ela gesticulou na minha direção e disse para eu ir para casa.

Ela voltou pouco menos de uma hora depois e disse que tudo estava resolvido.

— Você é expert nisso. Como foi que conseguiu acalmar aquele mané?

— Não foi nada. Fingi ouvir o que ele tinha para dizer e esperei até ele ficar bêbado mesmo. Aí o mandei embora num táxi. Olha só isso — acrescentou ela, me mostrando o celular. Ela tinha tirado fotos da carteirinha de estudante e da habilitação dele. Seu endereço era de Gaepo-dong, perto de Gangnam. Outro detalhe fisgou meu olhar.

— Droga. Ele mentiu a idade para mim.

A carteirinha dizia que ele também era um dos calouros de 2006.

— Se ele voltar aqui, podemos retribuir o favor e visitá-lo em Gaepo.

Eu dei um abraço apertado em Jae-hee. Minha diaba, minha salvadora, minha Jae-hee.

Naqueles tempos, aprendemos um pouco sobre como era estar no lugar um do outro. Jae-hee aprendeu que a vida de um gay às vezes era uma verdadeira merda e eu aprendi que a vida de uma mulher não era lá muito melhor. E as nossas conversas sempre terminavam com a mesma pergunta:

— Por que a gente nasceu assim?

— Vai saber, né?

*

No meio daquele drama todo, começou a circular um boato no nosso departamento de que, enquanto a gente morava junto, Jae-hee havia engravidado e feito um aborto. Tudo era verdade, tecnicamente, o que fez com que nós dois ficássemos deslumbrados com as maravilhas da onisciência da inteligência coletiva. Éramos veteranos naquela época, de todo modo, ocupados demais procurando um jeito de ganhar a vida, e esses rumores mal afetavam os autores ou os objetos do boato.

Jae-hee havia conseguido superar sua habitual falta de bom senso, mantendo boas notas e reduzindo o número de vezes na semana em que enchia a cara, de oito para três, e assim retornou ao mundo dos vivos. Eu ficava sentado nas aulas de Literatura Francesa quase pegando no sono ao som da voz dos professores geriátricos que tagarelavam sobre o amor, enquanto procurava, todas as noites, alguém com quem transar. Se não desse certo, eu ficava sentado em casa esperando Jae-hee que nem as míticas esposas dos pescadores da ilha de Jeju, transformadas em pedra, me servindo de uma tigela de mirtilos congelados. Se eu comesse com a mão, ficava com os dedos roxos. Por algum motivo, eu achava muita graça disso.

No primeiro semestre de seu último ano, Jae-hee desafiou suas limitações no mercado de trabalho, por ser uma mulher com um futuro diploma em Humanas, e arranjou um emprego numa grande empresa de eletrônicos. No mês que ela passou fora de casa para ficar no centro de treinamento da empresa, eu fiquei com tanto tédio que quase morri. Sem Jae-hee, não havia ninguém para beber comigo, nem para ter conversas idiotas ou só matar o tempo. As noites se tornaram longas demais, o que me levou a fazer algo que não era do meu feitio: revirar a lista dos homens que eu havia dispensado. O aluno de Engenharia havia acabado de arranjar um emprego numa empresa automobilística e comprado um Kia K3, então (essa parte é importante) estava atrás de qualquer desculpa para levar o carro para um passeio nos fins de semana, o que também me servia bem. Eu não tinha planos de voltar com ele depois de todo aquele fiasco de gritar na rua, mas passear por aí naquele K3, até a Torre N de Seul e o lago Sanjeong faziam parecer que a gente estava num programinha de casal. Já havíamos feito sexo um número suficiente de vezes para parecer que o meu corpo era dele e o corpo dele era meu, não havia realmente nenhuma novidade ali, mas ambos tínhamos baixa autoestima, sentíamos compulsões suicidas com regularidade, havíamos sofrido bullying na infância e tínhamos um apreço pretensioso por livros e filmes artísticos, ao mesmo tempo que nutríamos um ódio por coisas básicas como Haruki Murakami, Hong Sang-soo, literatura francesa e Audis. Tudo isso no fim fazia com que a gente ficasse com a impressão de termos algo especial enquanto parceiros.

Jae-hee também não era de perder tempo e conseguiu arranjar um namorado entre os seus colegas de trabalho, três anos mais velho que ela. Pensei que ela fosse brincar com ele por um tempo e depois largá-lo, mas percebi que a coisa estava ficando séria quando, por volta dos três meses juntos, ela oficialmente me convidou para jantar com eles.

— Já que seria esquisito você ficar de vela no jantar, pode **trazer** o seu namorado.

— Não é meu namorado.

— Está bem. O cara do K3.

— Não. Assim fica ainda mais esquisito. Como é que eu vou **apresentar** o sujeito para o seu namorado?

— Dá pra parar de ser respondão por um segundo e só aceitar o convite? Vai ser meu agradinho.

— Qual é o agradinho?

A primeira parte da noite foi num restaurante coreano chique de Hannam-dong. Ela falou para o namorado que éramos amigos que se conheceram num clube de jogos de tabuleiro. Esse namorado era diferente dos anteriores. Ele não se considerava um artista, nem vivia se cobrindo de tatuagens novas (que lhe seriam motivo de constrangimento no ano seguinte), nem tinha um olhar ardiloso no rosto, e tampouco, segundo meu sexto sentido, parecia ter um pau grande. Mas ele tinha um tipo de estabilidade que Jae-hee e eu não tínhamos, um tipo de otimismo fundamental em relação à vida. Quando fiquei sabendo que ele havia se formado em Engenharia na Universidade Nacional de Seul e trabalhava pesquisando semicondutores, meus dedões logo digitaram uma mensagem de texto para Jae-hee embaixo da mesa.

Achei que você tivesse dito que nunca ia querer nada com esses merdas da SNU.

Você acha que nossas vidas estariam como estão se os nossos planos sempre dessem certo?

Ela tinha tanta razão que eu não parava de dizer para o namorado dela umas coisas tipo: "Nossa, *hyungnim*", "Você tem toda a razão", "Você é tão inteligente que eu fico até deslumbrado" — elogios vazios desse tipo. O K3, sendo engenheiro, tinha muita coisa em comum com aquele especialista em semicondutores, e os dois pareceram se dar bem. Não paravam de falar sobre as diferenças de cultura corporativa nas duas empresas e trocar os jargões técnicos de suas pesquisas. Entediado com o papo, eu os deleitei com histórias da vida de Jae-hee na faculdade, com as devidas censuras para o público mais amplo, claro. O jantar ficou na minha cabeça como uma lembrança de uma ocasião perfeitamente digna e respeitável.

3.

Então, no último verão, o namorado de Jae-hee começou a achar que tinha algo de estranho a respeito de Ji-eun.

— Ei, Jae-hee, por acaso a sua colega de quarto, Ji-eun, é um gato?

— Como assim? Do que está falando, *oppa*?

— Ela parece meio estranha. Por que está sempre em casa? Por que nunca fomos apresentados? Por que eu nunca ouvi a voz dela? E não tem fotos de vocês duas juntas. Até um gato mia de vez em quando. Por que nunca a ouvi fazer um barulho que fosse?

Graças a Deus, os relacionamentos que Jae-hee teve no passado foram todos curtos, porque qualquer pessoa com meio neurônio teria tido a mesma desconfiança. Ele chegou a sugerir várias vezes que convidassem Ji-eun para jantar, mas Jae-hee sempre dizia que ela era tímida ou inventava alguma outra desculpa, por isso é claro que, em algum momento, ele iria perceber que tinha algo de estranho ali.

Se pelo menos Jae-hee fosse capaz de contar mentiras um pouco mais convincentes, nossa vida teria sido muito mais fácil. Em vez disso, eles acabaram tendo a primeira briga séria desde que haviam começado a namorar, um ano antes. Sendo ruim de mentira, Jae-hee sofria para inventar desculpas diferentes antes de acabar encurralada e ter que confessar que a sua "colega de quarto Ji-eun" era, na verdade, um homem da idade dela. E que o colega de quarto em questão gostava de homens.

— Então, *oppa*, é basicamente uma garota. É como se eu morasse mesmo com Ji-eun.

— Não é a mesma coisa! É um homem, um homem morando com uma mulher.

Jae-hee voltou para casa naquele fim de tarde e me contou tudo aquilo, cabisbaixa.

— Sinto muito, de verdade. Não queria que as coisas chegassem a esse ponto. Mas foi o que aconteceu.

— E o que você vai fazer a respeito?

Eu não conseguia controlar a raiva em minha voz. Como se não esperasse a minha reação, Jae-hee ficou ali parada, ainda cabisbaixa e meio boquiaberta. Fiquei me perguntando por que a minha voz tremia tanto e então me dei conta: eu estava furioso. Embora tivéssemos feito coisas piores um com o outro. Mais de uma vez eu a arrastei trêbada para dentro de casa, enquanto ela gritava e se debatia, e teve a vez que ela fez xixi no chão do banheiro por engano, o que me obrigou a ter que jogar fora as meias arruinadas dela e esfregar os azulejos com alvejante. Depois ela acordava, esfregando os olhos, e pedia desculpas, e a minha única resposta era lhe dar um tapinha nas costas e uma gargalhada. Daquela vez, porém, eu estava revoltado.

Sentimento de traição.

Era algo com o qual eu não estava acostumado, considerando o quão pouco eu esperava dos outros.

Era engraçado quando eu pensava nisso. Tudo que Jae-hee fez foi contar a verdade. Antes daquele momento, eu não tinha muitas neuras em ser exposto. Para alguém que enchia a cara e em seguida começava a beijar homens no meio da rua, seria ridículo achar que não havia boatos a respeito da minha sexualidade. Mas pensar no modo como meu segredo havia sido usado como um escudo na relação de Jae-hee com o namorado... isso era difícil de aceitar. Eu não ligava se as pessoas andavam por aí fofocando a meu respeito, mas pensar em Jae-hee como uma dessas pessoas era intolerável. Todo mundo podia dizer o que quisesse sobre mim, mas ela deveria ter ficado de boca fechada.

Porque ela era Jae-hee.

As coisas que dividíamos, as histórias que pertenciam apenas a nós dois — eu não queria que outras pessoas soubessem. Eu acreditava que nosso relacionamento era única e exclusivamente nosso. Para sempre. Por isso eu disse o que precisava dizer:

— Não me ligue.

Fiz minhas malas e me mudei de volta para o apartamento da minha mãe em Jamsil-dong sem nem compreender o motivo de eu ter tido uma reação tão extrema.

Jae-hee me ligou algumas vezes depois disso, mas não atendi. Mandei uma mensagem para o K3 dizendo que precisava pensar um pouco mais no nosso relacionamento. Ele respondeu que não conseguia entender por que eu estava sempre fugindo dele, que havia acabado tudo entre nós, de verdade. Mas, a cada manhã, assim que o sol nascia, ele me mandava, bêbado, versinhos sobre o amor (plagiados de algum outro lugar, sem dúvida), com erros de digitação e tudo. Jae-hee às vezes me enviava mensagens de texto dizendo que compreendia como eu me sentia, mas eu não tinha ideia do que ela queria dizer com aquilo. Meus pensamentos foram ficando mais e mais venenosos no meu cérebro, mas aqueles mesmos pensamentos também me pareciam absurdos, por isso eu ficava ali deitado, rindo, na minha cama de infância, no escuro.

*

Enquanto estava morando no apartamento dos meus pais, escrevi contos. Foi lá que virei escritor.

Eu, Jae-hee, os homens com quem a gente se encontrava, as histórias de nosso relacionamento, fui misturando tudo às cegas, vomitando meus contos. Não escrevi para mostrar para ninguém. Simplesmente aconteceu que eu tinha dificuldades para dormir e precisava de algo para fazer, e, agora que não tinha com quem conversar durante a noite inteira, o que eu queria mais do que qualquer outra coisa era resmungar com alguém sobre aquelas picuinhas e divagações. Quando eu escrevia contos sobre gays piranhas e cães perdidos, não me sentia exatamente satisfeito ou realizado. Era só que os contos que eu escrevia e as noites que eu passava falando com Jae-hee tinham uma sensação parecida. Enviei alguns dos contos para um concurso literário sem pensar muito no que estava fazendo. Acabei ganhando.

Liguei para Jae-hee para contar a novidade. Três meses haviam se passado desde a última vez que eu falei com ela. Jae-hee disse "oi" como se eu tivesse ligado para ela apenas três horas antes e, assim que contei que havia ganhado, ela se desfez em lágrimas. *Isso é muito a sua cara*, pensei, deixando que ela chorasse durante uns três minutos antes de ler para ela os comentários dos jurados. Um romancista mais velho falou que ficava preocupado que a minha obra se enveredasse demais pelo "território dos tabloides". Quando ouviu esse comentário, Jae-hee não conseguiu mais parar de rir. Usei o dinheiro do prêmio para comprar uma bolsa de couro de carneiro da Chanel para ela.

Foi por volta daquela época que eu fui notificado da morte do K3. Acidente de carro. O K3 que ele tanto amava acabou virando o seu caixão. Só quando ouvi as notícias eu me dei conta de que tinha imaginado que haveria um longo período de tempo pela frente durante o qual ele e eu constituiríamos um *nós*. Essa foi a última mensagem que ele me mandou:
Se a obsessão não é amor, então eu jamais amei.

*

Depois do enterro, eu me mudei de volta para o apartamento de Jae-hee e as coisas pareceram voltar ao que eram antes. Ela encheu o congelador com mirtilos, como costumava fazer. Já eu comprei uns maços de Marlboro vermelho, mas ela me disse para não me dar o trabalho — depois que o preço do cigarro disparou, ela e o namorado decidiram, os dois, parar de fumar. Claro que decidiram. Os cigarros que eu comprei para ela continuaram congelados e intocados.

Assim como nos velhos tempos, a gente conversava sobre o nosso dia antes de irmos dormir. Eu continuei encontrando o Homem do Dia, e Jae-hee e o namorado continuaram evitando a questão do colega de quarto/Ji-eun como se fosse uma mina terrestre sinalizada. Eles pareciam ter decidido que era como morar com um parente constrangedor. Mas, sempre que ele enchia a cara, o namorado de Jae-hee dizia algo como:

— Você sabe que essa situação seria inaceitável para qualquer outra pessoa, né?

Quem liga? Eu esperava que os dois fossem terminar um dia, mas o namorado era mais resistente do que eu imaginava. Jae-hee disse que ele era mais pé no chão do que qualquer outra pessoa que ela já tinha conhecido, e era lindo como ele sempre ouvia o que ela tinha a dizer.

— Ele faz tudo que eu peço, que nem um cachorrinho.

Ele não tinha nenhum hábito esquisito e, diferentemente dos outros homens com quem ela tinha se relacionado, não achava os hábitos alcoólicos dela cansativos, chegando até a fazer a piada de que era como sair com uma mulher diferente a cada noite. (Claro que era.)

Jae-hee sempre caía no sono antes da meia-noite. O trabalho dela devia ser exaustivo, porque ela voltava para casa depois das dez, toda noite, e se jogava em qualquer canto do apartamento que nem uma bexiga furada. Porém, se eu lhe mandasse uma mensagem dizendo que estava prestes a me dar bem e ia ficar na rua, ela respondia que nem uma mãe esperando o filho acordada:

Desta vez, tente não escolher alguém que vai morrer antes de você.
Vou me esforçar.

*

Foi bem naquela época que o namorado de Jae-hee a pediu em casamento, e ela aceitou. Os dois estavam juntos fazia três anos. Quando soube da notícia, comentei que o *hyung* parecia simpático e tudo mais, mas não sabia escolher mulher, ao que Jae-hee respondeu:

— É mesmo, não é? — E acrescentou: — Ele disse que está adorando o fato de que eu vou fazê-lo dar risada pelo resto da vida.

Eu torcia para que ele não acabasse levando um tapa na nuca de tanto rir.

Mas as palavras dele me levaram a perceber, sim, que ele enxergava nela as mesmas qualidades que eu mesmo adorava. Jae-hee não era bonita, nem gentil, mas com certeza era engraçada.

Ainda assim, não era como se o *hyung* fosse tão velho — por que essa pressa toda para casar? Talvez por ele ser um sujeito pé no chão por natureza? Pelo que eu sabia, ele tinha uma irmã mais velha que ainda não tinha se casado... Chegou a passar pela minha cabeça que o colega de quarto biologicamente masculino de Jae-hee podia ter tido algo a ver com a decisão dele de se casar, mas decidi não deixar o pensamento enveredar demais por esse lado. Nem pensar muito em qualquer coisa que tivesse a ver comigo. Um excesso de consciência de si mesmo era, por si só, uma doença...

4.

As coisas aconteceram rapidamente desde que Jae-hee anunciou o casamento.

Durante os três meses que antecederam a cerimônia, tive a oportunidade de testemunhar como era uma merda total para um homem e uma mulher constituírem uma família na sociedade coreana, o que me levou a parar de ficar ressentido pelo fato de que eu mesmo jamais poderia sonhar com casamento. Não que eu estivesse totalmente confiante de que aquilo *não era* inveja.

Enquanto isso, Jae-hee tinha um monte de coisas para as quais ela precisava de mim. Sua promoção foi acompanhada de uma carga de trabalho assassina, e, com o seu futuro marido sendo amplamente ausente da maior parte das preparações, acabei me tornando o noivo substituto dela. Eu a acompanhei na loja de noivas, na loja de *hanbok*, nas empresas de design de interiores e assim por diante, ajudando a fazer o enxoval. A princípio, eu só ficava olhando por cima do ombro dela enquanto ela tomava as decisões, mas não demorou muito para que eu me tornasse aquele que passava a mão pelas amostras de tecido e insistia para que ela usasse as cores de que eu gostava. Aquilo não me incomodou tanto, porque não era tão terrível assim, mas tracei o meu limite quando ela pediu que eu fosse o mestre de cerimônias do evento. Por mais que eu insistisse que não queria estar envolvido num casamento hétero, ela se recusava a recuar:

— Como você pode não fazer parte do meu casamento?

— Como eu *posso* fazer parte disso? Não. Eu me recuso. Nem terno eu tenho.

— Eu compro um para você. Armani.

— Sou um ativista anticasamento. E estou começando a virar militante, tendo visto tudo que você tem passado.

— Pare de bobagem e faça isso por mim. Você adora receber atenção!

Isso era um equívoco da parte dela — eu era um homem muito diferente quando bebia. No entanto, por mais que eu recusasse, ela continuou insistindo, e uma hora tive que ceder. "Está bem", eu disse, "vou ser o mestre de cerimônias desse negócio, mas você mesma vai ter que elaborar o roteiro." Ela concordou.

Nem mesmo uma semana tinha se passado quando, um belo dia, ela chegou em casa com duas caixas de frango frito

Kyochon. Era óbvio que estava se sentindo culpada por alguma coisa. Ela me ofereceu o frango e murmurou:

— Então, pelo jeito, a tradição é que o mestre de cerimônias seja o melhor amigo do noivo... O *oppa* tem um amigo que é repórter de televisão e é ele quem vai fazer. Eu sinto muitíssimo.

Por acaso eu tinha pedido aquele papel, para começo de conversa? Não que eu sempre quisesse ser uma coisa dessas de mestre de cerimônias de um casamento, mas a ideia de não poder mais ser por causa de uma tradição idiota me deixava enojado. Ela provavelmente havia tido uma conversa com o noivo. Jae-hee disse que tinha uma outra função para mim:

— Você pode cantar na cerimônia.

— Enlouqueceu?

— Pensa que é um jeito de você me recompensar por ter usado minha história na sua estreia como escritor.

— Então me devolve a bolsa Chanel que eu te dei.

— Se não for fazer isso por mim, eu processo a sua editora por difamação.

Passar vergonha em público parecia uma opção preferível a sofrer um processo, e, com a negociação bem-sucedida de incluir na barganha um terno e uma camisa da Armani, junto com uma gravata da Gucci, eu já estava preparado para cantar no casamento.

Os recém-casados foram morar num apartamento em Bangi-dong. Os pais de Jae-hee pelo visto o tinham comprado anos atrás, como investimento.

*

No nosso último dia morando juntos, compramos dez caixas do maior tamanho que tinha no correio. Começamos a cuidadosamente encher uma a uma com as coisas de Jae-hee, como seus vestidos tubinho e jaqueta de couro. Uma hora ela se virou para mim e perguntou:

— Young, você acha que vou conseguir me segurar e não botar chifre nele?

— Bem...

— Não estou preocupada com o *oppa*, mas comigo. Com a possibilidade de acabar arruinando um homem muito bom.

— Sabe, Jae-hee... eu me preocupo com isso também.

Demos risada e terminamos de embalar as coisas. Havia menos coisas do que eu esperava, e acabamos usando apenas cinco caixas. Ela me disse que já havia despachado as roupas de inverno e a mobília para o apartamento. Tínhamos ainda cinco meses no contrato da nossa quitinete, e Jae-hee me deixou morar o restante daquele tempo lá sozinho. O depósito *jeonse* era uma grana e tanto, mas, vendo como ela não estava com pressa para recebê-lo de volta, Jae-hee devia ter uma família bem abastada, talvez até mais do que a de seu noivo. Comecei a me perguntar se Jae-hee era mesmo só a garota ordinária de classe média que pensei que ela fosse, como qualquer outra. Talvez por isso ela era capaz de descartar as normas da sociedade como se fossem lencinhos de papel usados...

Depois de terminarmos tudo, espalhamos a roupa de cama e nos deitamos com máscaras faciais no rosto, com a sensação de que tínhamos dezenove anos de novo. Era ainda surreal pensar que a vagabunda que Jae-hee costumava ser agora estava adulta e prestes a se casar.

— Então, você acha mesmo que consegue cuidar dos seus sogros e ter filhos, trocar fralda e tudo?

— Eu redigi um contrato inteiro com o *oppa*. Nunca vamos ter filhos. Quanto aos sogros, bom... Vou pensar como se tivesse mais dois aniversários por ano para cuidar. Vamos continuar vivendo como namorados.

— Então por que não só continuar namorando? Por que casar?

— Ele que sugeriu, por isso pensei que valia a pena tentar. Se não der certo, sempre posso ir embora.

— Isso. Se for demais para você, você pode dispensá-lo e voltar para cá.

— Você acha que eu não faria isso?

— Você chegou até aqui porque sabe que não.

Foi o que eu disse, mas não obtive resposta. Em vez disso, veio um ronco. O bordão despreocupado de Jae-hee, "Ou talvez não", estava reverberando na minha cabeça. Era uma coisa que normalmente me deixava louco, mas agora me tranquilizava.

Era Jae-hee quem ia se casar, mas quem não conseguia dormir era eu. E assim foi se arrastando a nossa última noite juntos.

5.

O mestre de cerimônias chamou meu nome, anunciando que eu iria cantar.

Todo mundo da faculdade virou a cabeça na minha direção. Alguns gargalharam, incrédulos. Eu me levantei da mesa imaculadamente arrumada e fui avançando devagar na direção do palco. Meus ombros estavam rígidos de nervoso. Jae-hee e seu noivo sorriam de orelha a orelha para mim. Centenas de convidados me encaravam. Intimidado pelos olhares, agarrei o microfone com força. A letra da música no suporte à minha frente dançava diante dos meus olhos. Por que pegar o microfone sempre tinha aquele efeito em mim? Como escritor, tive que participar de alguns eventos falando no microfone, e toda vez eu acabava falando demais ou de repente tendo um acesso de choro em um momento aleatório, assustando o público. Minha *drama queen* interior me surpreendeu em mais de uma ocasião.

Escutei a introdução da música. A Melon Music estava oferecendo o instrumental por 1.000 wons, o que, por algum motivo, me irritou tanto que comprei uma versão diferente, de 700 wons, que soava mais pobre e metálica do que uma faixa de karaokê. Lágrimas ameaçavam irromper a qualquer momento — concentrei toda a minha força no meu nariz. *Não faça isso. Você tem que aguentar. Engole aí.* Mordi meu lábio inferior, trêmulo. Pelo menos três dos convidados eram homens com quem Jae-hee havia dormido, e tinha até dois na plateia com quem eu mesmo tinha dormido (o que adicionava um tom bem irônico na noção de "minoria" em "minorias sexuais"). Jae-hee e seu noivo, com todo o reboco de suas maquiagens de casamento, me encaravam enquanto abriam seus sorrisos falsos.

No fim das contas, não consegui cantar a música direito. Comecei a me atrapalhar já na primeira estrofe e refrão, com a minha voz embargada, mas na segunda estrofe tudo desabou.

Fique comigo para sempre, quero que guarde os meus sonhos — tentei chegar até aquele ponto, pelo menos. *Jae-hee, você está mesmo me deixando para trás.* As pessoas que haviam tentado segurar a risada na introdução já não estavam se segurando mais quando virei o rosto no meio da música. Achavam que eu estava interpretando e exagerando de propósito. Então Jae-hee veio até mim, arrastando a cauda do vestido, e pegou o microfone. Ela começou a cantar o resto da música:

— *O único em meu coração, aquele único e precioso amor...*

Jae-hee podia fazer de tudo, mas ela era uma cantora péssima, e a segunda voz era para ser masculina, o que piorou ainda mais. A elegância do casamento no hotel foi parar no chão, no carpete preto, e minhas lágrimas voltaram direto para os dutos lacrimais, o que me fez ficar maravilhado com Jae-hee e sua capacidade de sempre acertar em cheio. Puxei o catarro e terminei o restante da música com ela, pensando que não me incomodava em perder para qualquer pessoa no mundo, menos para ela, que a Ock Joo-hyun do dia seria *eu*. Cantei com todo o coração.

Quando voltei para o meu lugar, um colega estava dando risada e dizendo: "Quem é que escuta Fin.K.L. hoje em dia?", "Você não estava chorando de verdade agora há pouco, estava?" *Eu sou bicha, então eu vou cantar Fin.K.L.*, quase falei, mas me segurei. Em vez disso, fiquei mascando meu bife, que já estava frio. Todo mundo na minha mesa tinha um monte de coisas para conversar. Quem era a próxima a se casar, quem havia acabado de ter neném, quem tinha sido promovido, quem havia mudado de empresa, quem não conseguiu arranjar trabalho, quem herdou uma casa de veraneio dos pais... Um papo-furado barulhento e tedioso, que se desenrolava sem o menor esforço. Que o novo apartamento de Jae-hee era em Songpa, avaliado em 300 milhões de wons, que ela havia conhecido um ricaço e tinha basicamente ganhado na loteria... Eu queria dizer que foram os *pais* dela que compraram o apartamento, seus imbecis... mas não disse nada. Para que me dar o trabalho? Levantei do meu assento, com o bife pela metade, lancei a desculpa de que ia ao banheiro e saí do hotel.

Assim que cheguei em casa, tirei o paletó do meu terno. Despime por completo e deitei na cama. Era algo que eu nunca tinha podido fazer quando Jae-hee e eu morávamos juntos. Como era bom, como era maneiro morar sozinho. O sol nem havia se posto ainda, mas deitar ali daquele jeito fez com que eu me sentisse como se tivesse bebido demais e estivesse prestes a saudar a aurora, inteiramente nu. Já que eu tinha o lugar todo para mim, pensei em convidar algum carinha para vir, mas nem me dei o trabalho, no fim das contas. Com a luz do sol resplandecente lá fora da janela, conferi minhas mensagens de texto, por hábito. Notificações tediosas de transações de cartão de crédito, lixo eletrônico, Jae-hee me implorando para eu perdoá-la. Depois, a última mensagem que o K3 me mandou:
Se a obsessão não é amor, então eu jamais amei.

Deixei o celular cair no chão. Por um momento, pensei em tomar um banho, mas fiquei com vontade de alguma coisa gelada. Dentro do congelador, havia um saco quase vazio de mirtilos e um maço de Marlboro vermelho, com o celofane ainda intacto. Fiquei ali encarando por um tempão a foto do homem com o pulmão podre, no maço. Esse homem... será que já estava morto? Tirei uma tigela do armário e virei o saco de mirtilos em cima dela. Só o que saiu foram uns pedaços minúsculos de gelo roxo.

Foi então que percebi que o meu tempo com Jae-hee, que achei que fosse durar para sempre, havia terminado.

Ela, que sempre enchia a geladeira de mirtilos. Ela, que sempre lembrava o nome e o rosto de cada homem com quem eu havia me deitado, era o HD externo de backup da minha vida amorosa. Que fumava em todos os lugares e se encontrava com os homens mais imprestáveis.

A Jae-hee que havia me ensinado que cada estação é um momento com beleza própria — aquela Jae-hee não morava mais aqui.

Parte II
Um bocado de cantarilho, o sabor do universo

1.

Passei a madrugada inteira escrevendo e acabei não ouvindo o despertador de manhã, por isso só tive tempo de jogar uma água na cara e pegar a bolsa do trabalho antes de ir até a porta. A *omma* devia estar lendo sua Bíblia, tentando suprimir a própria irritação de ter acordado mais uma vez num quarto de hospital. Iríamos nos ver em algumas horas. Havíamos nos acostumado com uma rotina em que almoçávamos juntos antes de sair para uma caminhada no Parque Olímpico.

Enquanto eu descia as escadas, dei uma espiada na minha caixa de correio, só por hábito, e avistei um envelope pardo enfiado na abertura. Retirei-o dali, sentindo a sua espessura entre os meus dedos. Sem remetente. *Mas hein?* Eu o abri com um rasgo. Havia uma resma de papéis amarelados lá dentro.

Os textos que eu meio que tinha esfregado na cara dele cinco anos antes: meu diário.

Sentindo-me como se eu estivesse parado nu em frente ao espelho, comecei a ler a primeira página. Havia marcas de edição, em vermelho, por cima da minha letra — em tinta preta —, que mais se pareciam com chicotadas, e sublinhados destacando as expressões estranhas. Em outras palavras, o filho da puta havia editado o meu diário e me mandado de volta. Não cinco dias depois de recebê-lo, mas cinco anos. Meus dedos agarraram o papel, conforme as lembranças dele foram me inundando, feito uma enxurrada violenta. Ele ainda se lembrava do meu endereço? O que constava na última página não eram os meus garranchos apressados, mas um bilhete, na letra dele. Era como se tivesse sido escrito com sangue.

Olá. É o hyung. *Ouvi falar que você virou escritor. Parabéns. Eu achava que o seu nome real tinha um "je" no meio, me enganei? Você deve estar usando um pseudônimo.*

Esse idiota. Não conseguia nem se lembrar do nome de alguém com quem ele tinha saído durante mais de um ano.

Você ganhou tanto peso que nem o reconheci de cara.

Foda-se. Já li o suficiente. Vou rasgar essa merda. Só que aí veio a próxima frase:

Eu me pergunto se a sua mãe está melhor agora. Sinto muito pelo que aconteceu antes. Por um monte de coisas. Por tudo.

Por que os homens estão sempre me pedindo desculpas? Era só não fazer algo de que precisasse se desculpar, para início de conversa. Então, como de costume, ele passou a falar de si mesmo.

Pensei em entrar em contato com você muitas vezes no passado, mas tive meus motivos para não fazer isso. E aí passou tempo demais, e você mudou o número de telefone, como seria de esperar. Peço desculpas por entrar em contato assim de repente. Andei muito ocupado. Vou embora do país na segunda. Ficarei um bom tempo fora. Talvez não volte. Se não for um problema, eu gostaria de vê-lo neste domingo. O mesmo lugar e horário que prometemos antes. Tem algo que eu gostaria muito de dar para você.

Ele havia incluído o número de telefone no final. Domingo. Era dali a dois dias. Meio presunçoso da parte dele querer marcar alguma coisa, que dirá assim em cima da hora. E foda-se isso de "ter alguma coisa para me dar". Só o que nos restava para dar um para o outro eram xingamentos. Eu estava dividido entre enfiar o envelope junto com seus conteúdos no lixo e cuidadosamente deixá-lo num lugar onde ninguém jamais o encontraria. No fim, eu o pus na minha bolsa.

Meu coração estava a mil enquanto caminhava pela rua. Estava chocado e humilhado que ele ainda fosse capaz de provocar uma reação tão visceral em mim. Saquei meu celular, abri o aplicativo de bloco de notas que eu usava para escrever os esboços dos meus contos, e digitei uma única frase.

Cinco anos atrás, tentei apresentá-lo à minha mãe.

*

Por sorte, minha mãe ainda estava dormindo, roncando. Devia ter pegado no sono depois do almoço. Entrei e puxei a cama de acompanhante debaixo da cama dela, em silêncio, e me sentei.

As coisas da *omma* haviam começado a se multiplicar no quarto do hospital à medida que a sua estadia foi se prolongando. Porções e frutas na geladeira, uma faca de frutas na gaveta, um pacote de balinhas de hortelã, um porta-retratos na mesinha de cabeceira. Era uma foto nossa, eu com 10 anos, ela com 38. A *omma* usava um chapéu de formatura e estava em pé ao lado de uma estátua, e eu estava do lado dela, com macacão jeans e uma expressão azeda no rosto. Estou franzindo a testa em todas as fotos minhas daquela época. Talvez eu tenha nascido com um comportamento de merda. Do lado da foto, havia exemplares dos dois livros que eu havia publicado naquele ano. Eram para os visitantes; a *omma* nunca leu meus livros. Na verdade, ela nunca leu uma só palavra que publiquei — uma negação que beirava a obsessão. Ela dizia que era porque seus olhos idosos faziam com que cada palavra parecesse um tigre prestes a dar o bote, mas eu sabia que havia outro motivo.

Aos 19 anos, ganhei um prêmio literário de um jornal da faculdade. O ganhador receberia uma bolsa de estudos de um milhão de wons, e um amigo meu que era da organização por acaso me informou que havia pouquíssimos participantes naquele ano. Sempre me faltava dinheiro para beber, então decidi escrever sobre uma mulher de uns cinquenta anos que sempre sofreu de complexo de inferioridade por causa de sua formação, foi fazer dois cursos de graduação numa universidade on-line e investiu tudo que tinha na educação do filho; era a única história que eu conseguiria escrever na época, e os jurados a declararam a ganhadora do concurso, devido a sua "forte e vívida caracterização da personagem principal". A *omma* ouviu a notícia (na igreja, sem dúvida, a fonte de todos os boatos malignos do mundo), comprou um exemplar do jornal e leu o conto. Depois chorou durante quatro dias seguidos. Dava para ouvir os seus soluços e lamentações do outro lado da porta do quarto dela.

— Não acredito que te magoei tanto, não acredito que te explorei desse jeito!

— *Omma*, pelo amor de Deus, ficção é só ficção! É tudo inventado!

Ela se recusava a me dar ouvidos e desde então passou a evitar qualquer coisa que eu escrevesse, até mesmo bilhetes ou boletins da escola que eu deixasse cair no chão da sala de estar.

— Myoung-hee adorou o seu livro. Ela disse que leu tudo que você publicou até agora. Sabe que ela é a mais inteligente de todas as minhas amigas, né? Nada menos que formada na Sookdae. Disse que, pela sua escrita, ela acha que você amadureceu e se tornou um jovem excelente.

Toda a ficção que eu vinha publicando ao longo daqueles últimos três anos girava em torno de bebedeiras, roubos, atos homossexuais cometidos ilicitamente no exército, prostituição, traições entre namorados — o que diabos havia ali que permitia enxergar o autor como um "jovem excelente"?! Se ele ficasse mais excelente que isso, seria capaz de assassinar alguém. Em todo caso, parabéns para as senhorinhas da igreja — elas eram publicitárias convictas mesmo.

A *omma* deu uma pausa no ronco, que era sua marca registrada, e se sentou ereta, reclamando que não tinha dormido bem na noite anterior. Com um bocejo, ela mencionou que a dor da quimioterapia dificultava o sono. Seu ronco já havia espantado dois colegas de quarto anteriores, por isso, para o bem ou para o mal, durante os últimos três meses ela teve só para si o quarto que seria para duas pessoas. Antes ela reclamava de ter que dividir o quarto, mas agora suas reclamações saíam de um jeito menos cristão e mais xamânico, para alguém que devotou os seus últimos quarenta anos de sua vida à igreja, sobre a Morte vindo visitá-la durante a noite.

— *Omma*, quer que eu descasque uma maçã para você?

— Estou com um gosto amargo na boca. Abre uma balinha para mim, em vez de descascar a maçã.

Ela nunca foi de comer doce em toda a sua vida, mas, desde a cirurgia de remoção do tumor, passou a ter um desejo por balinhas sabor hortelã. Uma vez eu a fiz cuspir a bala quando vi que estava com o almoço esfriando na sua frente. Disseram que o sistema digestivo dela não estava funcionando direito. Eu passava sprays de Febreze nos lençóis para disfarçar aquele cheiro de doente do quarto de hospital.

Cinco meses atrás, fiquei consternado, mas não surpreso, ao descobrir que o câncer da *omma* havia retornado. Ela passou anos em remissão, mas eu andava preocupado que ele pudesse voltar em algum momento. E estava cansado daquela alternância repetitiva entre alegria e dor, comédia e tragédia — nunca nada de bom saía daquilo. Eu já havia passado por tudo o que um parente de uma paciente com câncer poderia passar, exceto o funeral. E talvez agora fosse a hora de me preparar para esse último passo também.

*

Seis anos haviam se passado desde que fora descoberto o câncer no corpo da minha mãe.

Eu era estagiário, com meus vinte e poucos anos. Os dez estagiários da minha leva haviam sido reduzidos a três. Segundo boatos, apenas um de nós conseguiria um contrato permanente, e, como eu era o único homem, era provável que fosse eu. A equipe de pesquisa que eu auxiliava investigava a correlação entre a inclinação política e a saúde das pessoas com cinquenta anos, ligando para mais de uma centena de pessoas todos os dias. Porém, foi algo inédito mesmo quando certa mulher de centro-direita com seus cinquenta anos ligou para *mim* do nada. Desliguei duas vezes na cara dela, mas ela se recusou a parar de me ligar. Acabei fazendo uma ligação clandestina no telefone da empresa:

— Alô. Estou ligando do Korea Research...

A *omma* me interrompeu, com a voz cheia de alegria:

— Sua mãe tem câncer! De útero! Aleluia.

Ela estava tão empolgada que dava a impressão de que ela tinha ganhado na loteria e não um diagnóstico de câncer. Duas semanas antes, ela teve um sonho de azaleias desabrochando na sua barriga e um "mau pressentimento", o que a levou a fazer um check-up, no qual ela descobriu que tinha câncer no útero. Várias das senhorinhas da igreja vendiam seguro, e as diversas apólices para câncer que ela comprou para agradá-las renderiam 200 milhões de wons — dinheiro o suficiente para quitar a hipoteca do nosso apartamento em Jamsil-dong. A *omma* parecia feliz de verdade contando que os custos cirúrgicos seriam reembolsados pelo plano de saúde e explicando que nós sairíamos no lucro, graças ao aluguel que recebíamos das unidades comerciais em Suwon e Anyang. Ela acrescentou que, já que ela, minha avó e minha tia tiveram câncer, era certeza que eu também teria, e propôs alegremente que eu tirasse duas apólices de câncer em meu nome.

Meu chefe ficou curioso para saber o motivo da minha demissão:

— Arranjou um emprego melhor?

Não, minha mãe é uma viúva com câncer, precisa de alguém para cuidar dela, foi o que eu quis dizer, mas não disse. A *omma* gostava de guardar as coisas para si, mesmo aquelas que não tinham a menor necessidade real de serem escondidas, porque era "comum" deixar que os outros se metessem na sua vida. A sua personalidade extrovertida escondia o quanto ela ficava desconfortável com o sentimento de vergonha, e ela parecia ter muita vergonha da sua doença. Ela despachou os clientes que vinha atendendo havia vinte anos com uma história de tirar um ano sabático para fazer um tour pela Terra Santa; nem mesmo seus amigos, nem minhas tias sabiam do segredo. Eu não tinha ideia do que era para ela tão vergonhoso a respeito do câncer, mas não quis contrariar. E é por isso que, diante da pergunta do meu chefe, sorri e disse que pretendia virar escritor depois de me demitir. Até acrescentei que era o sonho da minha vida.

— É muito bom e bacana ter sonhos. Mas lembre-se disto: oportunidades são como trens. Depois que você perde uma, ela nunca mais volta.

Esse cara é um idiota do caralho ou o quê? Ele não sabe que trens voltam várias vezes, que nem um relógio? Em todo caso, eu me demiti e, duas semanas depois, minha mãe estava deitada numa mesa de cirurgia num hospital de Gangnam que diziam ser especializado em câncer de útero, onde ela pediu aos médicos para que a cirurgia fosse feita sem anestesia, porque ela queria partilhar da dor de Jesus Cristo, uma declaração que (finalmente!) levou os médicos a acrescentarem um tratamento psiquiátrico às suas receitas.

O câncer da *omma* parecia benigno no raio X, mas descobrimos que era um problema sério quando ela foi aberta pelo bisturi. O cirurgião desconfiava de metástase nos nodos linfáticos e a função hepática parecia também estar comprometida. Ele recomendou um tratamento em múltiplas etapas, implementado por um período mais longo de tempo. Apesar de múltiplas sessões de radiação após a sua histerectomia, as células cancerosas estavam resistentes. O caminho rumo à remissão vinha se mostrando longo e árduo.

Foi por volta daquela época, então, que eu o conheci, em uma aula de Humanas de uma instituição privada. O motivo de eu ter escolhido a cadeira de Filosofia das Emoções era porque eu mesmo estava com dificuldades em tomar as rédeas das minhas emoções. Eu não só andava estudando para testes de aptidão em inglês e exames admissionais para as empresas, como também vinha cuidando da *omma* no hospital e saindo com ela para as caminhadas diárias depois que ela me implorou, na primeira vez, e em seguida passou a exigir que fôssemos todos os dias. Cuidar de uma pessoa completamente enferma tanto de corpo quanto de mente fez com que eu também sentisse que estava ficando doente. Na esperança de evitar o poço de infelicidade que era a minha mãe e compreender os sentimentos que não paravam de ameaçar transbordar de dentro de mim, eu ia para a aula uma vez por semana. O curso usava a *Ética* de Espinosa como base e os livros *Camera lucida* e *Fragmentos de um discurso amoroso*, de Roland Barthes, como complementos, dividindo as aulas em diferentes emoções. O professor, que se apresentou como um "filósofo freelancer", fez o que a maioria dos docentes sem experiência fazia, que era obrigar todo mundo a se apresentar para a turma. Dado que a instituição era administrada por uma organização de direitos humanos, metade dos alunos era composta por ativistas, que fizeram longos discursos sobre suas filiações, crenças políticas e orientações sexuais (não que alguém tivesse perguntado), e eu me senti pressionado a confessar ser um "homem homossexual de centro-esquerda" quando chegou a minha vez, mas apenas disse o meu nome verdadeiro e que eu era universitário. Jo Wind, James, Selli, Mapsosa, *Lendas da paixão*... Os outros usavam pseudônimos de ativistas com bizarras origens nacionais e referências esotéricas.

Alguém entrou assim que a última pessoa havia acabado de se apresentar. Ele era tão alto que a cabeça quase raspava no teto, o que explicava o fato de ele andar meio curvado. Ele largou a mochila na carteira ao meu lado e deu de ombros, abrindo o zíper do moletom. Tanto o casaco preto quanto a mochila Eastpak, que tinha uma bandeira sul-coreana costurada, pareciam ter algumas décadas de idade. Ele devia ter corrido para chegar aqui, porque o calor do seu corpo bateu com tudo na minha cara. Eu via indícios do que parecia ser uma longa tatuagem que percorria desde o seu pescoço até os pulsos e os dedos, inclusive. Parecia a cauda de um lagarto. Eu me perguntava qual seria o desenho que apareceria se eu a percorresse, ou onde a minha jornada terminaria. Flagrei-me engolindo a minha própria saliva conforme meus olhos foram bebendo cada centímetro dele. Antes que me desse conta do que estava acontecendo, ele estava bem do meu lado. Senti os cabelinhos do meu corpo se eriçarem, das minhas orelhas até os dedos dos pés. Ele levou sua boca até bem perto da minha orelha e sussurrou:

— Hã, com licença, será que eu posso dar um gole no seu café?

Antes que eu sequer pudesse responder, ele abriu a tampa de plástico do copo descartável à minha frente e começou a virar goela abaixo o café americano gelado. Eu via seus movimentos em câmera lenta. Era óbvio que ele não estava nem aí para o meu olhar (sem dúvida furioso), enquanto bebia o negócio inteiro, até o gelo, que ele então triturou com os dentes. Ele se apresentou apenas como "um criativo" e ficou por isso mesmo. Naquela declaração tão simples e descolada que chegava a gelar os dentes, na qual ele deixou de mencionar qual era a área da sua "criatividade", tive uma espécie de presságio agourento, de que aquele era um homem seriamente cheio de si (uma intuição que logo se mostrou certeira).

Após o fim da aula, o homem chegou até mim e se ofereceu para me comprar um café, a fim de compensar o que ele tinha tomado mais cedo. O fato de ele ter tomado meu café sem minha permissão me rendeu um mau pressentimento, para não falar no jeito dele de andar e olhar no olho — por isso recusei a sua oferta. Então ele disse, de um jeito bem formal, que queria me compensar pelo ato de bondade moral que eu havia feito. O fato de termos ido, em seguida, a um Starbucks próximo não foi porque eu não podia recusar de novo uma oferta moral dessas, mas porque, na verdade, ele era totalmente o meu tipo. Tinha uma voz grave e articulada, um cenho proeminente, lábios finos e ilegíveis, além de uma pele com sardas que jamais deviam ter sentido o toque do protetor solar. Sua personalidade parecia meio esquisita, mas a expectativa de passar alguns minutos admirando aquele homem lindo venceu todos aqueles maus pressentimentos (mais uma vez, em retrospecto, outro equívoco).

Parado em pé no canto, reparei que ele era bem mais alto que eu, que batia na altura do seu pescoço. Era raro eu ter que me inclinar para cima para olhar para alguém, já que a minha própria altura era um pouco acima da média. Pegamos nossos cafés americanos gelados e encontramos um lugar para sentar. Foi ele quem sugeriu aquilo, mas agora ele estava ali, simplesmente sentado em silêncio, olhando para o nada.

Qual é a desse sujeito? Por que ele me chamou para sair se só vai ficar aí sem falar nada?

No fim, fui eu quem teve que procurar algo para quebrar o gelo.

— Você devia estar com muita sede.

— Você salvou a minha vida.

E... silêncio. Na hora, como um estagiário que sonhava em arranjar um contrato permanente e que entendeu que tudo girava em torno de "dar a cara a tapa", o resultado foi eu ficar tagarelando (sem que me pedissem) que eu era um universitário, cursando Francês, que o meu passatempo favorito era ler e que eu tinha entrado para aquela aula por causa de... e fui falando e falando sobre quaisquer baboseiras sem propósito que me dessem na telha. Enquanto isso, a maneira como olhava para mim era quase uma grosseria, como se estivesse me avaliando, e enfim ele abriu a boca, bem na hora em que eu estava começando a ficar sem material.

— Você tem um jeito bonito de falar.

O que diabos esse cara está dizendo? Que eu sou meio bicha? Que eu falo que nem gay? Ou está só falando coisas por falar? Estou sendo paranoico? Pensamentos demais, que me fizeram calar a boca. Mais silêncio. Após uma pausa desconfortável durar tempo suficiente para eu chegar a ver o fundo da minha caneca, ele de repente se pronunciou de novo.

— Minha *omma* é alcoólatra.

— Ah... entendi...

— Então eu a mandei para a reabilitação, mas ela já fugiu tantas vezes que tivemos que tentar uma instituição psiquiátrica.

— Ah... entendi.

— Ficamos trocando os tratamentos, mas não tivemos progresso nenhum. Ela sempre dá um jeito de esconder a bebida.

Tem garrafas debaixo da cama, dentro da mala dela. Isso me deixa doido.

Quem é que fala do alcoolismo da mãe para alguém que acabou de conhecer? Como eu deveria reagir àquilo?

— Ela está até mostrando sinais de Alzheimer precoce causados pela intoxicação por álcool. Está sendo cada vez mais difícil lidar com ela. A cada quatro dias, mais ou menos, ela foge da ala onde está, e preciso persegui-la pelo hospital e levá-la de volta.

Meu Deus, qual é o problema desse sujeito? Até onde vai essa esquisitice?

Senti uma pressão súbita para expor a minha saga familiar. *Nossa família é extremamente comum, e, como qualquer patriarca comum, meu pai teve tantos casos que minha mãe uma hora pediu divórcio, e agora ela sofre do assassino número um de coreanos de meia-idade, vulgo câncer* — será que era isso que eu deveria dizer àquela altura? Ou deveria bolar algo ainda mais elaborado? No fim, acabei ficando com o básico mesmo.

— Minha *omma* também está doente. Câncer de útero. Ela está hospitalizada, e estou cuidando dela.

— Ah, entendo. Temos muito em comum.

Caiu a ficha que aquela era a primeira vez que eu mencionava a doença da minha mãe para outra pessoa. O homem se manifestou outra vez:

— É a primeira vez que você pega uma aula no instituto, né?

— Sim. Como você sabia?

— Já assisti a quase todas as aulas de Humanas e Filosofia lá. Nunca vi sua cara antes. Eu me lembraria da cara de alguém tão gracinha assim.

Eu ainda lembro da expressão dele ao dizer isso. Ele agia de um jeito todo descolado e distante, mas seus olhos tremiam, e a hesitação em seus lábios demonstrava o quanto estava nervoso. Fiquei abismado. Ninguém nunca tinha dito que eu era uma gracinha, nem de brincadeira, pelo menos não desde que parei de usar fraldas. O principal da minha graça era, na melhor das hipóteses, justamente minha completa e absoluta falta de graça. Ele estava flertando comigo? Será que essa situação toda era algum tipo (muito desajeitado) de paquera? Não tinha como. Eu tinha espelho em casa, sabia muito bem, até demais, que eu não valia um copo inteiro de café. Fiquei tão sem jeito que não conseguia pensar em nada para dizer. Estava tão nervoso e tremendo que não conseguia olhar na cara dele, e me esforcei ao máximo para evitar. Depois, com um tom de voz tão suave que era quase gozação com a minha cara, ele acrescentou:

— Se você não tiver nada para fazer depois da aula, podíamos sair para jantar toda semana.

E assim a gente acabou perambulando pela região depois de cada aula, escolhendo um lugar para jantar. Era ele quem conhecia bem as lojas e restaurantes todos dali e foi me apresentando aos melhores (que, no geral, serviam arroz e porções de acompanhamento, o tipo de lugar caseiro frequentado por homens de meia-idade), enquanto eu me deleitava com a falsa sensação de ter sido convidado aos seus espaços mais íntimos (depois descobri que ele gostava de se fingir de sabichão diante de qualquer pessoa aleatória).

Quando estava com ele, eu me tornava alguém que falava e comia pouco. Ficava completamente concentrado em observá-lo, me esquivando de mim mesmo ao ver aquele seu cabelo curtinho e bagunçado, o ar morno que soprava da sua boca entreaberta quando ele dava risada, o modo como ele levantava uma das sobrancelhas quando ficava tímido, o leve assobio sempre que ele pronunciava uma palavra com *s*. Depois do jantar, eu tinha que correr para conseguir acompanhá-lo com minhas pernas, pelo menos dez centímetros mais curtas, enquanto ele ia andando a passos largos com o olhar fixo à frente. Eu muitas vezes me desesperava diante do fato de que ele, nem uma única vez, olhava para trás, para mim, naquela nossa longa caminhada até a estação de metrô.

Sempre que me sentava de frente para ele, todo tipo de pensamento passava pela minha cabeça. Eu queria conhecê-lo como pessoa. Mais do que isso, queria saber o que ele pensava de mim e, ainda mais do que isso, eu ansiava por compreender como ele conseguia chacoalhar as minhas emoções daquele jeito. Meus pensamentos, meus sentimentos não paravam de vir a centenas de quilômetros por segundo, e eu não tinha a menor ideia do que fazer com aquele tipo de energia. Por isso, peguei o caderno espiralado que havia comprado no primeiro dia para a aula e o transformei num diário para escrever sobre aquele homem e as mudanças absurdas que ele provocava nas minhas emoções, registrando e analisando meus sentimentos.

Quanto mais eu escrevia, menos eu entendia.

Ele compartilhava comigo pouquíssima coisa a respeito da vida, mas eu sabia que ele não tinha um emprego que demandava horas regulares de trabalho, e também parecia não se encontrar com mais ninguém além de mim. De tempos em tempos, ele me mandava mensagens de texto sem sentido (*Hoje é um bom dia para uma caminhada*) e artigos sobre comidas que eram boas para o sistema imunológico e combatiam o câncer, que nem um tiozão. Essas mensagens despertavam conversas que abrangiam o dia tedioso dele (*Hoje eu li Kant e alimentei uns gatos de rua*), as situações com sua mãe alcoólatra (*Ela fugiu do hospital, arranjou bebida e caçou briga com um taxista*) e fotos de seus pratos de jantar individuais (*Fiz cavalinha apimentada*). Às quais eu mal conseguia dar respostas vagas, tipo: *Ah, sim; Que pena; Boa janta*. Se a conversa ameaçasse parar por causa da minha resposta meia-boca, ele mandava emojis de sorriso ou stickers de gatos gordos para prolongar nosso diálogo constrangedor. Mais algumas mensagens vagas e meu humor murchava igual a um balão furado, e eu ficava matutando que ele não estava falando comigo por ter interesse em mim (fosse lá por qual motivo), e sim porque ele era tão solitário que ou falava comigo ou com as paredes. Eu conhecia bem, até demais, a temperatura e o cheiro daquela solidão.

Porque, naquela época, eu era exatamente aquele tipo de pessoa.

2.

Certo sábado à tarde, quando a minha mãe havia acabado de terminar sua sessão de ioga terapêutica, ela me convenceu a sair para darmos mais uma caminhada juntos. Era o mesmo caminho que sempre fazíamos, mas o meu humor estava num grau bem diferente do de sempre. A resma de papel que ele me mandou havia virado minha vida completamente de cabeça para baixo. Minhas emoções, em um segundo, decolavam para logo afundarem no segundo seguinte, igual a cinco anos antes. Eu não conseguia me concentrar, nem trabalhar em nada. Mandei um e-mail para o meu editor pedindo uma semana de prorrogação do prazo para enviar meu próximo manuscrito.

A *omma* e eu partimos rumo ao Parque Olímpico. Ficava do outro lado da rua do hospital. Ela se apoiou em mim e atravessamos a rua devagar, de braços dados. De longe, era provável que parecêssemos uma dupla de mãe e filho com ótima relação. Como em qualquer outro dia, conversamos durante uns dez minutos antes de nos sentarmos num banco perto do reservatório.

Fui informado que as taxas de sobrevivência despencavam nos casos em que o câncer voltava. Da segunda vez, era mais fácil deixar as coisas acontecerem. Nem mãe nem filho ficaram assustados quando disseram que iam tirar parte do fígado e dos dutos biliares dela, onde o câncer havia entrado em metástase, nem quando a *omma* precisou passar pela quinta rodada de tratamento, nem quando ouviram que ela tinha menos de 20% de chance de sobreviver por mais um ano. Precisei, mais uma vez, me demitir da empresa onde estava trabalhando. Meu chefe me falou para voltar se as coisas melhorassem, mas eu já tinha trinta anos, não era mais ingênuo a ponto de acreditar naquelas promessas.

O hospital de cuidados prolongados onde a *omma* ficava agora era localizado a cerca de quinze minutos de casa. Ela chegou a passar metade de um ano em um outro hospital, na periferia da Província de Gyeonggi, mas decidimos transferi-la quando uma paciente de câncer de pulmão, mais ou menos da idade dela, com quem ela tinha construído uma amizade próxima, faleceu de repente. Acho que o novo hospital se aproximava mais de uma unidade de cuidados paliativos. As alas, as instalações, tudo era imaculado, como um hotel. Cuidadores e terapeutas profissionais forneciam atenção 24 horas por dia, que incluía medicina alopática e alternativa, e passei a ter muito menos trabalho depois que a *omma* foi para lá. O valor era muito acima do meu salário mensal, mas pensei que valia a pena passarmos nossos últimos dias juntos em um lugar onde ela ficasse mais confortável. A *omma* desistiu de lutar contra o seu câncer e passou, em vez disso, a receber tratamentos alternativos para a dor enquanto diligentemente fazia sua rotina de ioga e meditação consciente. Seu câncer, com igual diligência, se espalhou pelo corpo inteiro. As áreas e formas da sua dor se transformavam dia após dia.

A *omma* me disse que precisava ir ao banheiro. Eu a levei até a cabine dos deficientes no banheiro público, ajudei-a a se sentar no vaso e virei as costas. Desde que o câncer se espalhou até a sua bexiga, ela vem reclamando de uma dor cada vez mais forte ao urinar. Levantar-se da cama, tossir ou qualquer ação que pusesse pressão no seu estômago doía tanto que ela precisava pedir a minha ajuda. Fiquei virado para a porta e ouvindo-a ir ao banheiro, um gotejar sem força. Já havia passado por aquela situação muitas vezes, mas ainda não tinha me acostumado. A *omma* não parecia perturbada, apesar de a morte estar tão perto e tudo mais. Ela simplesmente pegou o papel higiênico da minha mão, se limpou e puxou para cima a calcinha e a calça. Enquanto eu, de olhos fechados, cuidava do resto, ela comentou: "Eu devia ter tido uma filha", uma ponderação que veio com uns trinta anos de atraso. Ela me deixou ali, intrigado, enquanto saía a passos largos, por conta própria, com uma autoconfiança invejável. Não dava para acreditar que fazia nem um minuto que ela estava tendo dificuldades para ir ao banheiro. Do lado de fora, enquanto não parava de exclamar o quanto o ar estava refrescante, ela bateu palmas, com força, para ajudar a circulação, produzindo um som tão alto que eu pensei que a trilha de terra fosse levantar voo.

— Do que você está falando? O relatório de qualidade do ar diz que os níveis de partículas passam das cem hoje, o que é "péssimo", segundo o aplicativo.

O câncer não parecia ter afetado o seu pulmão, nem a sua respiração, graças a Deus. A *omma* viu a minha expressão de incômodo e começou uma de suas reclamações.

— Eu lavei todas as suas fraldas cagadas quando você era pequeno. Não sei por que você está fazendo esse alvoroço todo só por causa de um xixizinho. Bem, o que mais eu poderia esperar de você? Quando sua avó teve câncer, foi igualzinho. Quando ainda mal conseguia andar, você foi rastejando até onde ela estava deitada e deu uma bofetada na cara dela! Eu o deixava em algum outro lugar e ainda assim você ia até lá para dar mais tabefes nela. Se eu fechasse a porta, você empurrava, abria e ia lá lhe dar mais um tapa. Você era esse tipo de criança. Um desgraçado bem ruinzinho.

— Meu Deus, quando é que você vai parar de falar nisso?

— Quando eu morrer. Por quê?

Ela havia jogado aquela cartada de "quando eu morrer" tantas vezes que eu tinha quase certeza de que ela ia acabar era me enterrando, só de tanto repeti-la. Falando mais alto do que deveria, para uma pessoa ciente de quantos dias ela ainda tinha neste mundo, ela gritou que eu precisava "tratar melhor a sua mãe enquanto ela ainda está viva, isso é para o seu próprio bem!".

Aquela falação, depois de iniciada, entrava na parte de que eu nunca iria me casar. Ela fingiu querer saber sobre a minha amiga Jae-hee, que havia encontrado um marido recentemente, sobre o filho de alguém que ela conhecia que também já tinha dois filhos, e sobre mais um outro solteirão que era um completo idiota antes de se casar, mas que agora estava comprando um apartamento em Pangyo — o mesmo repertório de sempre, do começo ao fim. Eu estava de saco cheio daquelas lamúrias sobre casamento, mas dava para entender a perspectiva dela. Foi graças a esse impulso em particular que ela conseguiu me manter alimentado e abrigado durante toda a minha infância.

Quando eu tinha onze anos, a *omma* agiu com coragem ao se divorciar do meu pai, que não só tinha pulado a cerca várias vezes como também havia falido o próprio negócio. Assumindo de repente o papel de chefe da casa, a *omma* arranjou um emprego como gerente de relacionamentos numa empresa escandinava de namoro, que havia acabado de abrir uma filial coreana e estava tendo dificuldades com a equipe. A indústria do namoro do final da década de 1990 (que consistia, em sua maior parte, em casamenteiras freelancer "Madame Du") sofreu um duro golpe quando o sofisticado sistema escandinavo chegou ao mercado. A *omma* carregava uma bolsa cheia de gráficos sobre os membros, sua formação, profissões, fortunas, altura, peso e avaliação de aparência (como é que seria possível...?), tudo quantificado e estratificado em porcentagens. No verso de cada gráfico, havia os resultados de testes de personalidade, como o Eneagrama ou o MBTI. Por meio desse sistema, era encontrada a combinação mais adequada, segundo as condições sociais e personalidades. O mercado disparou de verdade quando os homens e as mulheres dos distritos abastados de Gangnam e Songpa, que quase acabaram virando eternos solteiros depois das reviravoltas da crise financeira asiática do final dos anos 1990, começaram a voltar suas atenções para a ideia de casamento. A *omma* usou sua personalidade encantadora, suas amplas conexões e suas sensibilidades sociais para ampliar sua popularidade como gerente de relacionamentos e subir rapidamente na hierarquia, conseguindo construir a própria carreira em menos de três anos. Depois disso, entrou em um curso on-line e conseguiu um diploma em Psicologia, determinada a se tornar a melhor das melhores na sua área. Ela plagiou os gráficos de psicologia usados pelo seu antigo empregador, acrescentando algumas categorias e mexendo em outras para disfarçar o roubo, montou uma empresa sem registro que ela batizou de "Hatfield Korea" (um nome pseudo-ocidental que ela achou que dava a impressão de pertencer a algum psiquiatra famoso) e criou cartões de visita para si mesma que, de forma fraudulenta, a proclamavam uma "conselheira psicológica". Eu me lembro ainda hoje de que, quando eu era pequeno, ela me dava uns tapões nas costas por rabiscar no verso dos gráficos com giz de cera. Enquanto houvesse homens e mulheres solteiros em Gangnam dispostos a comer filés e macarrão e tomar café e chá nos seus encontros marcados, eu seguiria crescendo em carne e osso, como deveria. A *omma* estava absolutamente convencida naquela época de que, se nossa família desse o melhor de si, seríamos capazes de chegar ao auge da sociedade e viver o sonho de um lindo estilo de vida escandinavo.

Eu fui o primeiro a dispensar aquele sonho. Depois que cheguei na puberdade, percebi que eu não era o tipo de pessoa tolerada num sistema familiar cristão. Houve também certo incidente: quando eu estava no ensino médio, a *omma* me flagrou beijando um aluno de Ciências dois anos mais velho que eu.

Aconteceu no mais clichê dos lugares, o parquinho do condomínio, à noite. Dois meninos de ensino médio, com a cabeça raspada, estavam se beijando debaixo dos holofotes dos postes, observados por uma mulher de meia-idade. A saber: minha mãe, que havia se tornado uma cristã evangélica vinte e cinco anos antes. Eu fui tão pego no pulo que não tinha nem como inventar desculpas. Diferente do que acontece nas novelas, a *omma* não deixou cair a bolsa de surpresa, nem saiu gritando ou chorando. Ela apenas deu as costas, como se nada tivesse acontecido, e entrou no apartamento.

No dia seguinte, em vez de me criticar ou me castigar, ela me botou no seu carrinho vermelho. Depois, me levou até um centro psiquiátrico em Yangju, na província de Gyeonggi, onde me internou contra a minha vontade. Quando eu reclamei e tentei voltar, ela agarrou meu pulso, com os olhos repletos de um calor sincero:

— Como sua mãe, eu só consigo ver a raiva que inunda o seu coração. Não se preocupe. A *omma* não vai te deixar sofrer desse jeito.

E foi assim que acabei trancafiado. Todas as manhãs, faziam exame de sangue em mim, entre outros testes, e eu tinha que tomar mais de oito comprimidos a cada refeição. As tardes eram, em sua maior parte, ocupadas pela terapia. O prédio do hospital era velho e tinha um péssimo sistema de ar-condicionado, tanto que minha virilha e minhas axilas costumavam ficar encharcadas de suor, mas, sem desodorante nem sabonete líquido, havia dias em que eu só ficava ali sentado no meu próprio fedor curtido.

Eu dividia o quarto com um homem de 48 anos chamado Kim Hyeondong, que tinha problemas para controlar a raiva, além de uma leve esquizofrenia. Ele falava muito sozinho quando estava acordado e roncava alto quando dormia. Também peidava horrores, talvez como efeito colateral dos medicamentos, e aquela foi a gota d'água para mim — graças à minha audição sensível. Além do mais, a antiga tela que cobria a janela estava toda furada, por isso era impossível ter uma noite decente de sono, graças aos mosquitos. E mesmo que eu conseguisse pegar no sono, com meus sonhos vívidos, nunca conseguia descansar direito.

Nos meus sonhos, sempre havia uma mulher. Uma mulher com o cabelo amarrado em um coque, que dirigia um carrinho vermelho. Ela dirigia de olhos fechados. O carro ia acelerando cada vez mais. *Você parece ter um longo caminho pela frente. Deve ter muito o que fazer.*

Quando acordava, eu estava tão cansado quanto se tivesse passado a madrugada inteira dirigindo. Os quinze dias de exames e consultas conduziram o psiquiatra encarregado do meu caso a uma única conclusão: a de que eu demonstrava sintomas de trauma semelhantes aos de alguém que tinha ido para a guerra. O terapeuta cognitivo chegou a uma conclusão semelhante. Durante dezesseis anos (minha vida inteira), eu havia sido subjugado às vontades da minha mãe, por isso tinha reprimido minhas necessidades psicológicas durante todo aquele tempo. O psiquiatra, após ouvir tudo que havia transcorrido entre mim e minha mãe, concluiu que era ela quem precisava de atenção psiquiátrica urgente, não eu. Recebi autorização para sair da clínica, contanto que sob supervisão de um responsável.

No dia em que ela me levou de volta para Seul em seu carro vermelho, a *omma* me entregou um bilhete.

Levítico 20:13. Se um homem se deitar com outro homem como quem se deita com uma mulher, ambos praticaram um ato repugnante. Terão que ser executados, pois merecem a morte.

— Espero que esteja se sentindo bem melhor.
— Pelo visto, é você quem está doente, não eu. O médico que disse.

As coisas com o aluno de Ciências haviam esfriado quando eu voltei. Meu celular antigo tinha sido jogado fora, e o novo tinha apenas o número da minha mãe salvo.

— Já foi resolvido — foi só o que ela me disse, com a voz empresarial combinando com seus trejeitos corporativos.

Após duas sessões, a *omma* se recusou a ir a mais consultas ou tomar qualquer medicamento. Recusou a oferta do hospital de trocar de terapeuta. Dizia que não havia necessidade. Ela havia sido redimida por Jesus, portanto a situação já estava resolvida. Assim que fiquei sabendo daquilo pelo médico, precisei fazer uma pergunta para a *omma*:

— Tem certeza de que não vai se arrepender disso mais tarde?

Ela me deu um olhar inexpressivo, sem julgamento, do jeito como olharia para o nada à sua frente. Mas então disse:

— Não conte para ninguém. É vergonhoso.

Beijar um menino dois anos mais velho que eu? Passar as férias de verão preso num hospital psiquiátrico por isso? Sobreviver dezesseis anos com uma mãe que nem ela? Eu não sabia qual daqueles segredos era supostamente vergonhoso, por isso acabei guardando todos eles para mim.

Tendo aprendido a desistir e aceitar as coisas em silêncio, voltei à vidinha de preparação para a faculdade após o fim das férias de verão. Tenho certeza de que, para os outros, eu devia parecer alguém comum, sem nada de especial, mas eu guardava para mim mesmo uma promessa obscura e tóxica feita ao rapaz de dezesseis anos que eu tinha sido naquele hospital psiquiátrico: a de que, quando a mulher que era dona do teto onde eu morava estivesse velha e fraca, eu a largaria numa floresta abandonada da província de Gyeonggi para que ela fosse devorada por animais selvagens esfomeados. E o único motivo de eu ter sobrevivido a todos esses anos foi porque eu repetia aquela promessa para mim mesmo, de novo e de novo.

Era uma promessa que eu nunca deveria ter abandonado.
Acho que ela não tinha conseguido dormir direito à noite ou algo assim. Suas lamúrias matrimoniais a essa altura eram especialmente longas e tediosas. A *omma* era expert em se agarrar às coisas mais miúdas e insignificantes e tirar delas as reclamações mais intermináveis e irritantes.

— Como pode você já estar com trinta anos e nunca ter trazido uma garota para casa?
— Não estou saindo com ninguém.
— Você disse que estava, antes.
— Isso já faz cinco anos, *omma*. Não tem ninguém agora.

Aquela pessoa de "antes", à qual a *omma* se referia, era ele. O homem que esteve ao meu lado, mas que agora já não fazia mais parte da minha vida. Exceto por esse ressurgimento súbito na minha caixa de correio, como se a *omma* tivesse algo a ver com o seu retorno do esquecimento.

Ai, *omma*, era para você ter sido xamã, não uma Madame Du. Aí seria dona de um prédio inteiro, não só de um escritório minúsculo.

*

A quarta aula de Filosofia das Emoções era sobre "o sentimento de mergulhar completamente em alguma coisa".

Depois disso, ele me levou para comer *hoe*. Disse que bancava a janta se eu comprasse a bebida. Era uma proposta perfeita, já que eu nunca havia recusado bebida ou peixe cru em toda a minha vida. Sentei de frente para ele, determinado como nunca a jamais demonstrar meus sentimentos até compreender o que ele sentia por mim. Ele devia ser freguês de lá, porque um "combinado médio", incluindo linguado, cantarilho chinês e sopa de peixe apimentada, apareceu diante de nós sem ninguém ter que fazer o pedido. Eu contribuí com duas garrafas de *soju*. Atrás dele havia vários aquários. Deviam ter esgotado o estoque naquela noite, porque os aquários estavam vazios, exceto pelas bolhinhas do sistema de circulação. Os aquários forneciam um pano de fundo iluminado para ele, e o efeito era meio sinistro. Ele limpou as mãos com os lencinhos umedecidos que nos deram e ficou olhando para o nada. Seus dedos grossos com a tatuagem serpenteante, seus pulsos, bíceps e tríceps quase sem pelos, seus pequenos lóbulos das orelhas, a curva da sua orelha, e sua mandíbula firme — meus olhos vagavam pelo seu corpo inteiro até cruzarem com os dele. Logo desviei o olhar e fiz uma pergunta sobre uma coisa que nem era uma curiosidade tão grande minha:

— Por que você faz tantas aulas de Filosofia?

— Tenho muito interesse em saber como funciona o mundo.

— Um interesse amplo e louvável para um "criativo".

Silêncio. A ansiedade me levou a deixar escapar a primeira coisa que me veio à mente e eu já me arrependia de ter soado grosseiro. Mas ele não parecia se incomodar — parecia que estava escolhendo suas próximas palavras com cuidado, prestes a revelar um grande segredo:

— Na verdade, estou trabalhando num livro de Filosofia.

— O quê?

— Trabalho numa editora que publica livros de teoria. Ou trabalhava. Agora sou terceirizado nessa mesma empresa.

— Ah... entendi.

Ele tinha um emprego tão inesperadamente normal que fiquei surpreso a ponto de parecer grosseiro. Deveria ter imaginado. Toda a papelada na sua mochila, a bandeira coreana costurada, as canetas hidrográficas vermelhas e pretas, além dos lápis apontados no estojo — eram todos itens que gritavam "trabalho numa editora". Essa revelação, como acontece com a maioria das revelações, chegou tarde demais.

— Mas é sério, sempre tive interesse no universo. É uma coisa curiosa. Por que o mundo é do jeito que é, por que há tantas estrelas nesse céu amplo e vasto, como sou miseravelmente insignificante, esse tipo de coisa.

— Sim, os seres humanos são insignificantes. Miseravelmente insignificantes.

Embora não tão insignificantes quanto a filosofia dele, pelo visto. Ele soltou um suspiro profundo e acrescentou mais uma coisa num tom de voz excessivamente sério:

— Pensar nisso me deixa muito solitário.

Seus olhos pareciam bastante solitários, era verdade. Eu não sabia o que dizer. Todas as habilidades sociais que eu havia dominado durante os meus 25 anos na Terra pareceram inúteis, então só me restava me dedicar a comer o *hoe* de linguado à minha frente, levando os bocados de peixe do prato até a minha boca com os palitinhos numa velocidade quase competitiva. Ele estava com os dele contra os lábios enquanto olhava para mim, com um sorriso. *Tem alguma coisa nos meus dentes? Por que você está olhando para mim enquanto estou comendo?*

— O que você acha que está comendo agora?

— Linguado. Espera, é cantarilho? Não consigo distinguir esses peixes, sério mesmo. Só gosto de tudo que é caro.

— Você acertou e errou. Está comendo cantarilho agora, sim, mas não é o gosto do cantarilho que você está sentindo. O gosto na ponta da sua língua é o gosto do universo.

— O quê? Que (*merda*) você está falando?

— O cantarilho que a gente come e os nossos corpos, **tudo** isso é parte do universo. Portanto, somos universos provando do universo.

— Hã...

— Cada um de nós é um universo e, como **parte do universo** mais amplo, vivemos e transitamos e temos **relações entre nós**... não é fascinante?

Pensando melhor agora, o olhar dele me pareceu, sim, meio perdido. Será que ele fazia parte de alguma seita? De repente eu me lembrei de ter ouvido falar sobre **todos os esquisitões** que vinham parar em cursos de extensão que nem o nosso. Eu estava com uma das mãos agarradas na minha mochila, caso precisasse sair correndo, mas ele não parecia prestes a me segurar pelo colarinho e me arrastar para uma das suas reuniões. E agora que o assunto da conversa havia chegado às questões existenciais do universo, não havia mais nenhum outro rumo que ela pudesse tomar. Meu olhar foi parar de novo na tatuagem dos seus dedos. Quando ele reparou que eu estava olhando, logo tentou puxar a manga para esconder.

— Gosto da sua tatuagem. Fiquei pensando nela desde a primeira vez que a vi, sobre o que poderia ser.

— Na verdade, sofri um acidente de moto no ensino médio. Mandei fazer a tatuagem para cobrir as cicatrizes.

— Ah, entendo.

— Eu não era doidão nem nada do tipo na época.

— Dá para ver.

Incapaz de suportar o silêncio que parecia mais pesado que o universo, acabei virando todo o *soju* que havíamos pedido. Ele deve ter pensado que eu estava precisando beber mais, porque não parava de encher meu copo, enquanto só ia bebericando o dele, e no meio de toda aquela peixarada e doses e mais doses servidas um para o outro, não demorou muito para nossos rostos ficarem corados.

— O mais transparente é o linguado.

— Como é?

— O mais transparente deles é o linguado. Assim fica mais fácil de lembrar. O cantarilho é mais duro, precisa mastigar bem antes de engolir.

— Pode me chamar de Cantarilho de agora em diante, então. Porque sou difícil de engolir.

Meu Deus, estou perdendo a noção.

— Não. Vou chamá-lo de Linguado. Porque você é todo transparente para mim.

O jeito lento dele de falar, bêbado, fez com que ele parecesse um pouco mais fofo. Fui ouvindo aquele papo fofo e esquisito conforme ia comendo mais do linguado, ou cantarilho, o que quer que fosse. Eu tinha ficado muito bêbado muito rápido, e por algum motivo estava pensando na *omma*. Ela não tinha permissão para comer nada cru desde o seu diagnóstico de câncer seis meses antes, nem mesmo o *hoe* de que tanto gostava. Fuçando a carne do sauro do Pacífico, que boiava no cozido apimentado, me veio um pensamento filial muito pouco característico da minha parte de que eu deveria levá-la naquele restaurante quando seu tratamento terminasse.

— A *omma* sempre foi boa em tirar espinha de peixe para mim...

Ao ouvir isso, ele habilmente arrancou as espinhas do sauro que veio no prato dele e depositou o pedaço de peixe na minha tigela de arroz.

— Ah, não, eu não quis dizer nesse sentido, por favor, não precisa. Não posso aceitar seu peixe.

— É um prazer para mim.

— Para mim também. Sauro é gostoso.

— Não é o sauro que é um prazer para mim. Gosto do universo que é você.

Então foi assim que os amantes de Pompeia se sentiram quando o magma os envolveu? Fui inundado por algo muito quente e o mundo pareceu parar de girar. Espinosa havia distinguido 48 tipos diferentes de emoções. Qual era a que eu estava sentindo naquele momento? Desejo, alegria, deslumbramento ou confusão? E o que será que aquele homem do outro lado da mesa sentia por mim? Um misto de desdém e curiosidade, ou algo parecido com o que eu sentia por ele? Numa tentativa de acalmar as pancadas do meu coração, tentei me lembrar das muitas palavras-chave do curso de Filosofia das Emoções, mas não consegui. Sob a luz azul do aquário, ele parecia mais pálido do que antes. Era tarde demais quando me ocorreu que ele parecia mesmo mais solitário do que qualquer pessoa que eu já havia conhecido na vida. Seu rosto foi ficando cada vez maior e, quando me dei conta, já estávamos nos beijando.

Senti um gosto nos seus lábios de algo que eu jamais havia provado antes. O gosto de peixe difícil de engolir, o cantarilho. Talvez o gosto do universo.

Naquela noite, fomos para a casa dele.

*

Eu estava deitado com ele no quarto escuro, agarradinho.

Toquei o seu cabelo, achatado por causa do boné que ele passou o dia inteiro usando, senti o seu pescoço rígido e a pele tatuada, que era bem mais fria que o restante do seu corpo. Ele pôs os braços ao redor dos meus ombros. Ficamos deitados, imóveis, por um momento, um se segurando no outro, sem qualquer distância entre nós. O formato do meu peito, o comprimento dos meus braços, meu corpo inteiro parecia existir para se encaixar perfeitamente no dele, e sua cabeça, quente contra o meu peito, me deu a impressão de que eu estava abraçando algo tão vasto e precioso quanto um universo. Ficar ali, me concentrando no calor da sua pele e no som da sua respiração que sussurrava no meu ouvido, me fez perder completamente a noção de quem eu era.

Havia me tornado algo que não era eu, não era nada, apenas mais uma parte do mundo que era ele.

*

Lembro o que ele disse depois da primeira vez que transamos:

— Espinosa morreu de uma doença no pulmão.

— Falaram disso na aula? Não foi tuberculose ou algo assim?

— Ele era pobre e trabalhava fabricando lentes. O pó do vidro acabou entrando nos pulmões dele. Era um estranho entre os acadêmicos. Não conseguiu arranjar trabalho como professor, só trabalho manual, e isso acabou por matá-lo.

— Que triste.

— É por isso que faço esse trabalho. Já vi muita gente ser arruinada por sua arte ou suas convicções.

O que é que a arte poderia ter feito para arruinar alguém? E Espinosa não era filósofo, em vez de artista? Não disse nada daquilo em voz alta. Ele continuou falando com aquele seu tom de voz excessivamente sério sobre coisas que não me interessavam nem um pouco ou que me pareciam desimportantes, mas eu fingi estar ouvindo. O purificador de ar do lado da cama passou aquela divagação inteira trabalhando arduamente. Eu fiquei encarando o objeto ao me pronunciar:

— Fico feliz que o ar aqui seja tão limpo.

O apartamento *banjiha*, no subsolo, com dois quartos, tinha blecaute, o que o deixava escuro que nem uma caverna. Era bem grande, mas tinha tanta tralha lá que eu me sentia um pouco claustrofóbico. Sua escrivaninha gigantesca estava empilhada de livros de filósofos dos quais eu nunca havia ouvido falar, e ele tinha aparelhos de purificação de ar, desumidificação e ar-condicionado em ambos os quartos. Havia também uma poltrona ergonômica, um sofá no estilo escandinavo e um jogo de jantar, além de um tapete que parecia novo.

— Sua casa é incrível. Muitas coisas legais...

— Na verdade, minha *omma* era uma Jasmine Black.

— O que é isso?

— É um título de consumidor que as lojas de departamento dão para pessoas que gastam muito dinheiro nelas. Tipo uma pessoa VIP na loja.

— Hum... entendi. (*Quando foi a última vez que ouvi alguém se gabar assim de um jeito tão transparente?*) Vocês devem ser bem de vida.

— Eu era, mas não sou mais. Contei para você, não? Que minha *omma* é alcoólatra. Ela gosta de fazer compras quando bebe. É por isso que tenho dois aparelhos de ar-condicionado e desumidificadores. A estante e o sofá são compras que ela fez quando estava bêbada também.

— Que hábito. O meu de gritar e beijar homens quando bebo não é nada comparado com isso.

Uma piada, mas caiu que nem uma pedra no silêncio obscuro que se seguiu.

— Minha família faliu por causa disso. Morei num apartamento em Apgujeong desde o dia em que eu nasci até a minha formatura, mas agora estou aqui neste muquifo.

O que eu podia dizer diante disso? *Ainda assim, não é tão ruim; você não está prestes a morrer de câncer, nem nada do tipo; pelo menos você chegou a morar em Apgujeong em algum momento da sua vida*, não eram boas opções. Já que eu não conseguia quebrar o condicionamento que minha mãe inculcou em mim, comecei a calcular a posição dele nos gráficos da minha mãe: um apartamento daquele tamanho, cresceu em Apgujeong, faz frila de editor. O resultado? *Lamento, senhor, mas não podemos lhe oferecer uma carteirinha no nosso clube.* Mas eu mesmo era formado em Francês numa universidade mediana e estava desempregado, então éramos o casal perfeito de solteirões, e a minha sensação de que até isso era obra do destino me fez pensar que eu estava caindo completamente num caso de amor de pica.

Caí no sono abraçado com ele, ouvindo a sua respiração. Quando acordei, ele estava começando a se virar. Nós nos viramos para ficar de frente e olhamos nos olhos um do outro. Perguntei:

— *Hyung*, como foi que você soube que eu era "deste time"?

— Foi óbvio desde o momento em que eu o vi.

— Você sabia que íamos acabar assim?

— Sim, desde aquele primeiro momento.

Sabe-se lá de onde foi que saiu aquela autoconfiança toda. Era repulsiva para mim essa dinâmica implícita autodepreciativa gay, a ideia de que ele era o sujeito mais másculo e atraente da Terra, e eu, por outro lado, apenas alguém obviamente gay, super-hiper GAY GAY GAY, mas não consegui me segurar e caí de cabeça naquela paixão. A fim de compreender aquele homem e, além disso, meus próprios pensamentos e sentimentos enquanto eu desabava por ele, e interpretar aquela confusão inteira de contradições, fui escutando cada palavra que ele dizia, observando cada coisinha que ele fazia e registrando tudo.

Desesperada e melancolicamente, como um aluno da pós-graduação passando anos escrevendo sua dissertação.

*

Naquele verão, eu estava totalmente obcecado. Obcecado e possuído.

Ele ligava sistematicamente depois da meia-noite, e eu deixava a *omma* dormindo no seu quarto de hospital para pegar um táxi até a casa dele. Os efeitos colaterais da cirurgia a laser que fiz nos olhos deixavam as luzes daqueles quinhentos postes do Boulevard Olímpico misturadas entre si conforme o táxi passava voando, e o mundo inteiro parecia estar imerso em um sonho. Paguei a viagem, cerca de 15.000 wons, saí e bati no portão de aço do seu prédio até as dobradiças enferrujadas rangerem, e enfim lá estava ele, uns bons dez centímetros mais alto do que eu, abrindo a porta e surgindo no portão.

— Você chegou.

Voz tímida. Sob a penumbra, seus olhos pareciam fundos e seus lábios, protuberantes, ele estava tão insuportavelmente fofo que, mesmo antes de eu passar pela soleira da sua porta, já toquei no seu rosto e fiz carinho (ele odiava quando eu fazia isso).

Naquela noite, pedimos pés de galinha apimentados e *soju*. Havíamos virado quase três garrafas de *soju* quando ele deitou usando minha perna como travesseiro (diferente dele, ainda faltavam algumas doses para eu chegar na etapa da bebedeira em que eu ficava com a cara vermelha). Ele então começou a expor sua história de vida: nasceu numa família rica no bairro de Apgujeong, mas seu pai não suportava sua mãe alcoólatra e abandonou cedo a família, enquanto sua irmã mais velha se casou nova com um coreano-americano e agora morava na Virgínia. Ele ficou morando sozinho com a mãe desde a universidade, até botá-la num hospital e se mudar. Apoiado na minha perna, sua nuca e seu pescoço foram ficando mais e mais quentes à medida que ele falava. Eu tinha muito o que dizer também, no papel de cuidador da minha mãe doente e tudo mais. Ambos concluímos que ficava difícil lidar com o jeito cada vez mais violento e cruel delas conforme elas iam envelhecendo, e com os seus humores extremos que pareciam mudar a cada segundo. Ele estava tagarelando sem parar, mas ficou quieto de repente; olhei para baixo e vi que ele estava dormindo. Ele era o quê? Uma boneca Kongsuni que dormia onde você a colocava? Seu corpo soltou uns espasmos e ele murmurou: "*Omma*." Uma lágrima escorreu do seu rosto. *Bem, isso é meio dramático*, pensei; era meio engraçado um marmanjo prestes a entrar na meia-idade chorar enquanto dormia, chamando pela mãe. Acariciei sua cabeça.

Era, ao mesmo tempo, legal e constrangedor que ele tivesse continuado a falar sobre sua família e sua infância. Era engraçado vê-lo se embebedar com as próprias emoções e entrar naquele humor de ator sério sempre que falava da família. Apesar de eu ficar desconfortável em ter que responder compartilhando meu histórico familiar, como que para cumprir uma espécie de olho por olho, era legal, ainda assim, descobrir mais coisas sobre a vida dele. Eu queria passar a noite inteira ouvindo a sua voz, noites e noites a fio. Queria encaixar os seus pedaços fragmentados e completar o quebra-cabeça que ele era na minha mente. A vida que eu desconhecia, os hábitos de que eu não tinha ciência, até mesmo a sua respiração — queria reconfigurar e tornar tudo aquilo meu.

Sem ter consciência dos meus pensamentos obsessivos, ele dormiu tranquilo até começar a me dar cãibra na perna, então seus olhos se abriram de supetão, como se alguém o tivesse chamado pelo nome.

— Você sabe que estava babando, né? — falei, enquanto ele se levantava.

Com a carinha acanhada mais adorável do mundo, ele limpou a boca com a mão. Foi se levantando devagar e acendeu o abajur perfeitamente esculpido (obviamente outro presente de sua mãe). A iluminação suave caiu sobre as suas costas, e eu pude enfim ver o desenho completo da tatuagem. A coisa pontiaguda que culminava na ponta do seu dedo não era uma cauda, e sim uma raiz. O que subia por seu braço e sua perna e se estendia sobre o peito e as costas era uma grande árvore, que brotava de um minúsculo planeta e o cobria, como em *O Pequeno Príncipe*.

— É um baobá, que nem o de *O Pequeno Príncipe*?

— Não. É a Árvore da Vida.

— O que é isso?

— Nada muito significativo. Ela contém o princípio do universo que estudei numa época.

Ele então não parou mais de falar sobre como o universo era que nem uma árvore gigantesca, uma ideia que combinava mitos de árvores sagradas do Oriente e do Ocidente, de temporadas invisíveis e um blá-blá-blá sobre morte e renascimento, mas só o que eu conseguia enxergar a partir daquela tatuagem era uma tentativa de encobrir os vestígios de um passado constrangedor de delinquência com uma imagem descolada mais apropriada (não que a imagem em si fosse apropriada ou descolada). Dava para ver, em meio às folhas e galhos espessos, alguns vagos fantasmas e rosas vermelhas, flores de lótus e dragões, que mais pareciam tatuagens Irezumi incompletas.

— Você não só desenhou uma árvore em cima de uma tatuagem Irezumi?

— Nossa, você deve ser vidente. Como descobriu?

— Porque eu... tenho olhos...

Um "*hyung* que eu conheço" (ele conhecia um *hyung* de cada estrato social, parecia) que veio do Japão quando ele estava no ensino médio fez a tatuagem Irezumi nele. Mas esse *hyung* foi preso antes de conseguir terminá-la, e apenas recentemente ele cobriu a tatuagem incompleta.

— Mas a criançada de hoje sabe o que é Irezumi? Foi moda na minha época.

"Um *hyung* que eu conheço" e "a criançada de hoje". Suas escolhas de vocabulário eram de fato as de um *ahjussi* metido de meia-idade. Após mais algumas pistas, finalmente descobri que ele era todo um ciclo zodiacal chinês mais velho que eu — doze anos. Ele nasceu em 1976, ano do dragão, e entrou na turma de 1995 da Universidade da Coreia.

Apesar dessa sensação natural de um choque entre gerações, isso não alterava nem um pouco os meus sentimentos com relação a ele. Ele fazia carinho na minha barba cerrada.

— Deitado aqui com você no escurinho...

— Sim, *hyung*?

— É como se fôssemos as últimas duas pessoas na face da Terra.

— Ah, *hyung*. Chega disso.

As conversas com ele na sua casa às vezes me davam a impressão de estar recitando as falas de uma tragédia grega ou peça absurdista, ou mesmo um filme dos anos 1980. Claro que, em parte, era porque ele gostava de falar sobre coisas existenciais ou sua filosofia do universo, mas também porque conversávamos em coreano formal. Eu meio que gostava daquilo e pensava que era uma dinâmica fofa de se ter, enquanto casal. Que idiota que eu fui naquela época.

Perto do amanhecer, eu e ele saíamos pelo portão da frente, que rangia como se estivesse chorando. Havia uma lavanderia no shopping da vizinhança perto da casa dele. Quando ela estava aberta, ele ficava a dois passos atrás de mim. Quando estava fechada, ele andava de mãos dadas comigo, me segurando pelo mindinho. Eu gostava tanto de descer a rua de mãos dadas que preferia sair cedo com ele. Chegávamos à rua principal juntos e ficávamos com os ombros colados até chegar o primeiro ônibus.

Quando o ônibus chegava e eu subia, ele colocava uma das mãos nas minhas costas e dava tchauzinho com a outra. Eu me sentava mais para os fundos e me virava para a janela, pela qual o via acenar. As pessoas ao meu redor cochilavam enquanto eu o observava ficando cada vez menor. Ele acenava até o ônibus virar a esquina e eu desaparecer completamente de seu campo de visão. Foi a primeira pessoa na minha vida que me olhou daquele jeito.

Durante muito tempo, eu me prendi à ilusão de que, fosse lá onde eu estivesse e o que eu estivesse fazendo, ele estaria sempre atrás de mim, acenando. E era assim que eu voltava para o hospital, sob os últimos resquícios do luar, a fim de passar furtivamente pelos corredores recém-limpos, sem emitir qualquer ruído, esvaziar a bexiga e começar meu dia ouvindo a *omma* reclamar de como havia tido um péssimo sono naquela noite.

*

Ele e eu continuamos nos vendo depois do fim do curso de doze semanas no instituto.

Aquela pequena janela de tempo, aquelas poucas horas perto do amanhecer, era o que definia o fluxo do meu dia inteiro. Quando não estávamos juntos, eu me perguntava onde ele estaria e o que estaria fazendo. Eu podia estar ouvindo as reclamações da *omma* e cuidando dela ou inventando coisas para colocar no currículo para mandar para as empresas, não importava. Eu estava sempre sob a influência dele. Mesmo caminhando pelas ruas que eu já havia percorrido milhares de vezes antes, eu me sentia enfeitiçado pelo homem. Querendo ver como era o mundo do alto, da perspectiva dele, eu andava na ponta dos pés e olhava pelo que imaginava ser os olhos dele. Meus pensamentos se viam cheios de coisas que poderiam interessá-lo ou que poderíamos fazer como programa de casal. Eu sentia a minha sensibilidade ao mundo ao meu redor se aguçar com esses esforços.

É provável que tenha sido por isso que entrei naquela loja da Gap pela qual eu costumava passar reto. Havia um cartaz anunciando uma promoção de camisetas, "pague uma, leve duas". Peguei os tamanhos XGG e GG do mesmo modelo e coloquei na minha sacola. Capaz até de eu ter dado um sorriso, imaginando aquela camiseta cobrindo as suas costas lisas e geladas.

Naquela noite, na casa dele, tirei as camisetas da minha sacola e mostrei para ele. De imediato, sua expressão esfriou e ele ficou encarando as duas camisetas, com o mesmo desenho, mas de tamanhos e cores diferentes.

— Não posso usar uma coisa dessas.

— Ah. Acho que usarmos a mesma camiseta talvez seja um pouco demais mesmo. Mas, talvez sozinhos em casa...

— Tem isso, mas também tem a bandeira dos Estados Unidos nelas.

— O quê?

— Sr. Young, eu não uso roupa com essa bandeira. Às vezes penso que o sr. Young sai por aí usando tais símbolos sem qualquer consideração quanto ao seu significado. Símbolos tais como as bandeiras de países belicosos. Você gosta tanto assim dos Estados Unidos?

— Hum, bem, digo, não tanto.

— Sua música é toda estadunidense.

— Gosto das divas. Todas as gays gostam. Que tipo de gay não gosta de Britney ou Beyoncé?

— Quem?

— Meu Deus...

Mas ele já estava reclamando que tudo a respeito dos Estados Unidos ou do "Império Norte-Americano" o deixava desconfortável.

— O "Império Norte-Americano"?

— Sim. O imperialismo dos Estados Unidos.

Imperialismo. Eu não ouvia aquela palavra desde o ensino médio, literalmente. Como poderia responder àquilo? Sua expressão determinada fez meu cérebro entrar em curto-circuito, e eu só conseguia sentir aquela vergonha esquisita de ter cometido alguma gafe obscura, com a bandeira dos Estados Unidos pregada na minha camiseta e no boné. Não que eu tivesse vergonha da minha suposta ignorância política (nunca tive vergonha de nada do tipo). Minha vergonha provinha de um medo de que ele fosse se entediar da minha ignorância e burrice e acabar me cortando da sua vida. Estava obcecado em fazê-lo gostar de mim, e estava pronto para mudar todo o meu sistema de valores por ele. Tivemos nossa primeira noite sem transar depois daquilo. Não jantamos juntos, conversamos sobre coisa nenhuma e a distância entre nós se recusava a desaparecer.

A única semelhança com as outras noites foi o blá-blá-blá monótono dele que durou até o amanhecer e que, daquela vez, foi sobre todos os males que os Estados Unidos cometeram contra o restante do mundo, como os Estados Unidos controlavam tudo, desde a economia até a cultura global. Ele usava palavras como "hegemonia", "neoliberalismo" e "obsequiosidade cultural", como se fosse um livro didático de ciências sociais. Mas quem é que ligava para aquela bobagem? Eu só queria abraçá-lo, dobrar cada centímetro do meu corpo e da minha alma dentro do seu coração e pulso cardíaco. Totalmente alheio àqueles sentimentos, ele concluiu sua palestra com esta acusação:

— Sr. Young, você não consegue imaginar o tipo de mundo em que vivi.

Como se você soubesse qualquer coisa sobre o meu mundo. Ou sequer tentasse saber. Essas palavras subiram até a minha boca, mas não consegui deixar que saíssem. Tinha a impressão de que elas destruiriam num instante o que tínhamos construído juntos, que essas palavras só conseguiriam nos afastar ainda mais um do outro.

*

Enquanto eu estava obcecado por ele, a *omma* estava obcecada pelo seu objetivo de obter a "remissão completa" e investia sua típica diligência nisso. Após algumas cirurgias, de pequeno e grande porte, ela havia se tornado (na própria cabeça, pelo menos) uma das maiores autoridades mundiais no assunto "câncer". Leu todos os livros científicos populares publicados sobre o tema, entrou em uma comunidade on-line que estava sempre colocando as últimas informações sobre tratamento de câncer e decorou os nomes e hospitais de todos os especialistas em câncer e sua posição no ranking nacional. Aquilo me lembrava do modo como ela havia montado a estratégia para a minha admissão na faculdade quando eu estava no ensino médio e a desolação no seu rosto quando ela viu o resultado do meu exame nacional de aptidão universitária. Do mesmo modo que ela havia desistido de mim assim que viu minhas notas, minha mãe aceitou completamente o fato de que precisava de cirurgia logo que ficou sabendo que o seu câncer havia entrado em metástase e passado para os seus linfonodos. Disse que ia entregar tudo à vontade do Senhor.

O Senhor devia estar num humor meio excêntrico, já que aquela terceira operação, diferente das que tinham vindo antes, não teve um bom resultado. O seu duto biliar acabou entupido e o local da cirurgia infeccionou, o que lhe rendeu uma febre de 40 graus. Seu peso caiu para 44 quilos depois que ela passou duas semanas vomitando tudo que comia. Cuidar dela também me fez perder peso. Com ela tendo vômitos e diarreia a cada dez minutos, cheguei à revelação de que a vida não passava de um percurso do nosso primeiro quarto de hospital até o nosso último.

Não tive a menor chance de me encontrar com ele, já que estava preso com a *omma* o dia inteiro. Eu ligava de vez em quando, quando conseguia, e, mesmo assim, passava a maior parte da ligação escutando as asneiras metafísicas dele. Durante sua série de histórias estranhas, eu meio que conduzi um tipo de análise psicológica enquanto o escutava, me perguntando se aquela propensão dele a ignorar os problemas do mundo real advinha dos seus sentimentos de desamparo em face do alcoolismo diário de sua mãe e seu subsequente consumismo. Tentei tirar algum aprendizado daquilo pensando: *Você tem que crescer um pouco diante do sofrimento.*

A *omma* parecia estar sentindo sua dor física de um jeito diferente de como sentia antes. Ao contrário de sua recuperação anterior, ela estava sofrendo de ansiedade de separação, e eu precisava estar sempre ao seu lado. Ela me ligava assim que abria os olhos e não comia nada, a não ser que eu lhe desse na boca. Eu a alimentava, ajudava a ir ao banheiro, limpava seu vômito e me sentava na cama de acompanhante para escrever de cinco a dez mil caracteres de um romance autobiográfico.

Contratamos uma enfermeira particular assim que a *omma* saiu da ala do pós-operatório para a enfermaria normal. Eu morreria antes da minha mãe se tivesse que lidar com ela durante mais um dia que fosse. Mais do que isso, porém, eu ansiava pelo toque dele.

Foi puro êxtase revê-lo depois de duas semanas. Lá estávamos nós, seis meses depois de nos conhecermos, vendo o rosto um do outro em plena luz do dia numa rua movimentada pela primeira vez. Ele tinha uma aparência um pouco diferente ao vê-lo durante o dia. Sua pele seca parecia ainda mais seca debaixo do sol, e o que eu achava que era a extensão dos seus olhos na verdade eram rugas profundas — isso era o de menos. Lá fora, em meio às pessoas, ele parecia de algum modo acanhado, cabisbaixo, como se tivesse apanhado algumas vezes.

Ele estava tentando não demonstrar, mas eu notava que era muito desconfortável para ele andar do meu lado. Eu estaria mentindo se dissesse que isso não me magoava, mas ainda estava apaixonado por ele. Minha mágoa até chegou a virar uma espécie de pena. Eu com 25, ele com 37, nossos dedos mindinhos roçando de vez em quando, sem que os nossos olhares se cruzassem enquanto caminhávamos pelas ruas de Gangnam, roubando vislumbres de relance e sorrisinhos enquanto conversávamos sobre nada em particular.

Bem na hora em que eu estava totalmente imerso no romance bobo daquela nossa caminhada, alguém chamou meu nome. Era uma colega da antiga empresa onde eu trabalhava, a mulher que acabou ficando com o contrato permanente. Eu a saudei calorosamente (xingando-a dentro da minha cabeça por ter nos interrompido).

— Como você está? Eu estou como sempre...

Ele ficou a alguns passos de distância, raspando a calçada com o pé. Vendo-o de relance, minha ex-colega de trabalho me perguntou quem ele era, e eu só respondi que era um veterano da minha faculdade. Eles fizeram uma reverência meio constrangida com a cabeça e depois partimos, cada um para o seu caminho. É capaz de ela ter pensado: *Que tipo de pessoa aos 37 anos ainda sai com um calouro de 25?* Os meus sentimentos a respeito disso eram um tanto complicados, mas eu desencanei. A vida já era complicada o suficiente como estava. Por que complicar ainda mais?

E aí teve aquela outra vez. Assim que a cuidadora chegou na enfermaria, peguei um táxi e fui direto para o Parque Olímpico. Ele estava usando seu boné preto e mochila, como sempre, mas havia arregaçado as mangas brancas até a altura dos antebraços, e o protetor solar embranquecia o seu rosto de um jeito que o deixava tão fofo que eu não dava conta. Era uma manhã de dia de semana, e não havia muita gente no Parque Olímpico.

Num momento em que julguei que não tinha ninguém olhando, dei um beijo sorrateiro nas costas da mão dele. Ele puxou a mão e disse: "Não faça isso", mas não parecia não ter gostado. Havia ainda uma atmosfera de ansiedade entre nós, o que nos fez manter uma distância de uns quinze centímetros.

As flores de cerejeira estavam desabrochando, e pétalas brancas caíam feito neve onde quer que houvesse uma brisa. O reservatório artificial estava placidamente parado, o ar, livre de poluição pela primeira vez, e o clima era de calmaria. Aparecia de vez em quando um casal jovem empurrando um carrinho de bebê ou um casal idoso caminhando de mãos dadas pelas trilhas.

Parando na frente de um arbusto de forsítia, ele arrancou um raminho de flores e o inseriu na casa de um dos botões da sua camisa. Foi um tanto chocante, o tipo de coisa de velho que o pai de alguém no ensino fundamental faria no Dia dos Pais.

— Hã, amor, o que é que você está fazendo?

— Já pedi para não me chamar assim em público.

— Acho que o que você está fazendo agora é muito mais constrangedor, *hyung*.

— E não fique tão colado em mim. Quer mostrar para o mundo inteiro o que nós somos?

— O universo inteiro sabe o que nós somos.

Aquele comentário, sem mais nem menos, o deixou tão incomodado que acabei ficando uns três passos para trás. Depois ele cedeu, voltou para mim, colocou o ramo de forsítia atrás da minha orelha e tirou uma foto minha com seu iPhone. Fingindo querer espiar a foto, pulei para cima dele e agarrei sua cintura, o que o fez dar um salto. Sua reação me decepcionou a princípio, depois me pareceu adorável, depois irritante. Meus sentimentos mudavam a cada segundo que passava. Porém, o Parque Olímpico na primavera era lindo de chorar, a ponto de me fazer questionar se aquelas minhas alterações de humor eram por causa do tempo ou porque eu estava exaurido mentalmente depois de tanto tempo cuidando de uma paciente. Era nisso que eu pensava enquanto ficava de bobeira, colocando folhas de capim atrás da orelha e fazendo outras dessas bobagens que casais fazem.

E então ele parou, abruptamente. Alguém acenava para ele de longe. Um casal de meia-idade de braços dados tão apertados que um parecia estar dando voz de prisão ao outro. Aquela muralha de quatro pernas se aproximou de nós com uma velocidade alarmante e lhe deu uma recepção calorosa. Ele ficou muito ansioso de repente, tirou o chapéu e fez uma reverência para eles, enquanto eu dava um passo para trás, por reflexo. Parecia que tinham sido colegas de faculdade. A uma breve distância, eu arrastava os pés enquanto olhava para a outra ponta do reservatório, tentando aguentar aquela conversa incrivelmente maçante. Muita tagarelice sobre alguém que eles conheciam da época do diretório acadêmico, que havia sido designado pelo partido progressista para a eleição na assembleia municipal sei lá onde, e outro que havia escrito um best-seller político e fazia parte do comitê de um programa de notícias da TV a cabo. Começamos a fazer corrida de casal e estamos lendo Haruki Murakami. Você ainda gosta de Nietzsche? O que achou de Park Geun-hye ganhar a eleição presidencial? Querido, lembra como eu chorei? Quem ia pensar que um mundo tão terrível seria possível em 2010 depois de tudo que fizemos na nossa militância estudantil? Era realmente inimaginável... Em todo caso, você nunca mais encontrou seus ex-colegas? Olha só para você, todo preguiçoso aí. Foi presidente de classe, cabe a você dar o exemplo. Querido, pare, todo mundo anda muito ocupado agora. Pois é, a criançada de hoje não tem disciplina. Você ainda está naquela editora, a que faz livros de teoria? Eu fiquei ouvindo a conversa/interrogatório deles e observei o quanto aquelas perguntas torturantes foram fazendo a expressão no rosto dele ficar cada vez mais obscura.

De repente, a parte masculina da muralha/casal de meia-idade virou a cabeça na minha direção.

— E este aqui, quem seria?

— Ah, sou só um novato.

— Na faculdade? Então deve ter sido meu calouro. Em que ano foi que você entrou, hein?

— (*Por que esse cuzão, que acabou de me conhecer, está falando comigo em coreano informal?*) Não na faculdade, só um novato na região...

— Entendo. Você mora em Apgujeong, em Gangnam?

— Hã, sim... (*Vai cuidar da sua vida.*)

— E o que você acha de Lee Myung-bak e Park Geun-hye?

— Ai, esse meu marido. Por favor, não ligue para ele.

— Por quê? Não é algo que eu possa perguntar para um jovem? Me diga, a criançada de hoje em dia gosta de Park Geun-hye?

— Bem... ela meio que está por aí.

— Meio que está por aí. Que perspectiva revigorante.

O que havia de revigorante na minha perspectiva? Todo mundo na face da Terra sabia que Park Geun-hye era alguém que "meio que está por aí". Por que aqueles velhotes caducos, sempre que encontravam alguém mais novo, mencionavam uma centena de pessoas por nome, cuspia uma tonelada de opiniões políticas e me perguntavam o que eu achava? Que diferença fazia para eles saber a minha opinião? Será que eles achavam que, se tivéssemos opiniões parecidas e soubéssemos de coisas parecidas, nossas diferenças de idade diminuiriam? O que eles fariam se eu tivesse opiniões diferentes das deles? Ficariam bem consigo mesmos e com suas caras feias ao provarem para si próprios o quanto eu era jovem e ignorante, como os anos que eles haviam vivido não tinham sido em vão?

O homem pareceu detectar meu desgosto, porque deu um tapinha grosseiro no meu ombro e disse:

— Você mora em Gangnam, deve gostar de Park Geun-hye. Eu entendo, você é rico.

Eu mordi o meu lábio inferior. A esposa disse:

— Não se irrite. Ele só está brincando. Nós mesmos moramos naquele condomínio caro de apartamentos ali.

As duas cabeças se entreolharam e soltaram uma gargalhada, como se a mulher tivesse dito algo engraçado. Eu estava pronto para empurrar aquela Grande Muralha de Arrogância no reservatório. Ao lado do casal, enquanto isso, o rosto dele foi ficando branco que nem pão.

— Mas por que você está por aqui a essa hora? Não devia estar no trabalho?

— Ah, eu tinha umas coisas para fazer fora do escritório.

Ele evitava o contato visual de um jeito que só pessoas que estão mentindo fazem. A mulher arregalou os olhos.

— Dois homens com afazeres por aqui? Com todas essas flores e o tempo bonito?

— Ah, sim. Calhou de ser isso.

— Então vocês devem ser amantes.

A piadinha do homem fez um sorriso despontar na cara da mulher, que tentou cobrir a boca com a mão livre.

— Querido, não dá para fazer esse tipo de piada hoje em dia.

— Por que não? Essa coisa de homossexuais, os... gays? Não sou contra. Acho que é possível que eles existam mesmo.

— Do que você está falando? Não é uma prática colonial maligna do Império Norte-Americano?

O casal se agarrou com força enquanto caía na gargalhada, e eu pensei: *Que asneira completa e totalmente incompreensível é essa? As coisas de que esses velhotes acham graça...* Era hora de apertar o botão de ejetar.

— A gente precisa ir agora.

— Se não tiverem almoçado ainda, por que não almoçamos juntos? Eu pago para o seu novato.

Ele hesitou de um jeito bem óbvio, por isso eu me antecipei e respondi:

— Não, obrigado. Já almoçamos.

— Já? Ainda são onze horas.

— Foi um *brunch*.

Dando as costas para suas expressões de choque, agarrei o braço dele e o arrastei para longe. Ele cedeu, despedindo-se às pressas. Estávamos dentro de um táxi em questão de instantes.

Sua casa era o lugar mais óbvio onde poderíamos nos refugiar. Precisávamos estar onde ele se sentisse seguro. Porque, por mais irritado que eu estivesse com ele, também estava preocupado. Ele parecia péssimo. Tirou o boné assim que entramos. Depois, soltou um suspiro profundo.

— Por que você fez aquilo?

— Fiz o quê?

— Por que você mencionou a palavra "*brunch*" para os meus veteranos? Que imagem de mim você acha que isso passou para eles?

— Como assim, que imagem você passou para eles? Passa a imagem de um calouro deles.

Ele estava soltando fogo pelas ventas, incapaz de desencanar com o que havia acontecido. Nunca o tinha visto tão bravo, com as emoções tão à flor da pele. Aquilo me pegou de surpresa. Dava para sentir os espinhos em minhas palavras enquanto eu as pronunciava:

— Quem diabos eles pensam que são?

— Meus veteranos. Eles eram do movimento estudantil.

— Não são ninguém para você. Por que você se importa com o que eles pensam? Só minta para eles e siga em frente, só isso.

— São meus veteranos.

O homem, pelo visto, tinha sido presidente do diretório acadêmico, acabou preso algumas vezes por causa de manifestações e agora era um professor pesquisador numa organização histórica. A mulher, que havia escrito contos inspirados na sua época de militância estudantil, premiados por um grupo de esquerda, era uma autora bem importante agora. Sendo amigos de amigos, ele se preocupava com a possibilidade de esbarrar neles de novo no futuro.

— Olha, você precisa mesmo se incomodar tanto com o que eles pensam? E daí que ele era do diretório acadêmico e ela é escritora? Eles estavam sendo uns merdas e pondo você para baixo. Até eu me irritei com aquilo. Por que você tinha que ficar ali engolindo tudo? Quem liga para as opiniões deles, quem liga para o que eles pensam? Você não devia, na verdade, estar grato pelo que eu fiz? Quase tivemos que almoçar com eles! E que tipo de militante tem uma compreensão tão horrível de direitos humanos? São só uma esquerda caviar...

— Não...

— Não o quê?

— Não fala deles assim, porra.

Aquela foi a primeira vez que ele falou comigo em coreano informal. Doeu tanto que me calei. Sem dizer uma palavra, peguei minha bolsa e fui embora da casa dele. Esperava que ele viesse correndo atrás de mim. Não veio. Eu estava mais com raiva do que triste, e mais desesperado do que com raiva. É provável que aquela tenha sido a primeira vez que ele não me deu um tchauzinho de despedida.

Ele me ligou ao raiar do dia seguinte. Com a voz alcoolizada, exigiu que eu fosse encontrá-lo naquela hora. Parei com as formalidades.

— Não tenho nada a dizer para a porra de um bêbado.

— Olhe o linguajar.

— Foda-se o linguajar.

— Quando eu digo para vir, você vem.

— Vai se foder. Por acaso sou a porra da sua cadelinha?

— Venha, por favor.

Eu era a porra da cadelinha dele. Saí trotando com as minhas perninhas caninas até o seu apartamento, onde o encontrei sentado no chão com uns jornais espalhados na frente, bebendo *soju* com alguns acompanhamentos *banchan* de polvo e cantarilho. Assim que me viu, ele me beijou. O bafo de álcool me levou a afastá-lo com um empurrão.

— Ei, para com isso.

Ele não disse nada quando começou a me despir e me acariciar. Olhando para sua cabeça em formato de pêssego e seu rosto que parecia um *mandu* frio e largado no prato, minha resistência derreteu e eu o abracei.

Depois de transarmos, ele falou mais do seu passado:

— Minhas costas não são muito boas. Fui preso algumas vezes.

— Por causa de drogas?

— Não, por causa da minha militância.

Esse foi o dia em que ele ficou falando sobre sua militância estudantil aos vinte e poucos anos. Sentindo o cheiro de peixe misturado com *soju* no seu hálito, eu me aninhei ao lado dele e fiquei ouvindo sua voz.

Ele havia sido presidente do diretório acadêmico de Humanas na faculdade. Fiquei maravilhado ao saber disso, a expressão "presidente do diretório acadêmico" dizia tudo sobre ele. O modo como andava por aí como se tivesse alguém atrás dele, sua atitude constantemente paranoica, a tendência de deixar que os outros falassem antes de ele ter a última palavra, como se fosse um líder tomando uma decisão. Ele havia sido parte da geração do movimento estudantil de meados dos anos 1990 e, depois de se formar, chegou a botar um pé no movimento trabalhista. As manifestações por causa do incidente Misun-Hyosun também aconteceram na sua época, além dos protestos pela abolição da Lei de Segurança Nacional e o movimento contra o jornal *Chosun Ilbo*, que o levaram a ser preso algumas vezes. Seu pescoço e suas costas, ele alegava, nunca mais foram os mesmos desde então.

Quando ele chegou aos detalhes, eu soube que, na realidade, somando suas quatro detenções, ele tinha ficado talvez um total de 72 horas atrás das grades, nunca havia sido torturado e a única coisa que precisou fazer foi ficar deitado numa cela com assoalho aquecido. *Meio forçado dizer que você desenvolveu uma condição de saúde vitalícia por causa disso... talvez a sua dor nas costas seja só por causa da má postura?* Esses foram os pensamentos que eu não disse em voz alta.

Aquele relato interminável dos pequenos incidentes que ele vivenciou no movimento estudantil me deixou com sono e aéreo. Fiquei ouvindo enquanto ele contava que fazia uma tatuagem cada vez que saía do xilindró e como ele cobria cada uma daquelas tatuagens sempre que tinha uma nova epifania. Sem prestar muita atenção, procurei no meu celular algumas informações sobre o diretório acadêmico da universidade dele e descobri que ela era infame por sua postura de esquerda nacionalista linha-dura. Segurei um sorrisinho diante de todo aquele clichê anos 1980 — escutar um ex-presidente do diretório acadêmico relembrar sua época de militante enquanto estávamos os dois deitados num apartamento de subsolo naquela brisa pós-coital.

— Por isso eu só uso iPhones hoje. Nem mesmo a CIA pode hackear um iPhone.

O iPhone 4 dele parecia minúsculo na sua mão. Ele discorreu sobre o quanto ele era obsessivo com a própria segurança, porque tinha ficado na lista da polícia durante o auge de sua época como militante. Seu celular havia sido grampeado e ele mesmo já tinha sido seguido. Nesse ponto da história, eu pensei: *Que lorota é essa?*, e percebi que a gente nunca havia conversado pelos aplicativos de mensagens coreanos como KakaoTalk, apenas via iMessenger. Pelo visto, aplicativos de mensagens com servidores estrangeiros eram mais seguros.

— Ando ansioso nos últimos dias porque não paro de pensar que tem alguém me vigiando.

Eu me esforcei horrores para tentar manter uma cara séria.

— Você ainda acha que tem gente seguindo você?

— Neste exato momento, tem gente sendo grampeada. E gente sendo morta por ser militante.

— Ah, sim. Eu sei que tem gente morrendo neste exato minuto, gente que está lutando pela justiça. Disso eu sei.

Só não acho que você seja uma dessas pessoas. Não é que eu não acredite em você, nem que me recuse a acreditar, mas não acho que você seja tão importante assim. Hoje você é só um cara qualquer, sentado o dia inteiro no seu quarto, xingando escritores enquanto corrige seus erros de grafia. Você é tão medíocre quanto eu. E o que isso diz sobre mim, que gosto tanto desse fracassado?

Queria dizer todas essas coisas, mas eu o beijei, em vez disso. Só para ele não falar mais nada.

*

O Parque Olímpico naquele outono estava mais bonito do que nunca.

O tratamento de câncer da *omma* estava se encaminhando para os seus estágios finais. Para manter-se forte, ela se obrigava a comer, apesar da completa falta de apetite. Ela também se obrigava a fazer caminhadas. Apesar de toda a comida sendo enfiada goela abaixo, seu rosto estava esquelético como uma caveira. Ao passearmos um dia, ela pegou uma folha caída no chão e me disse:

— Fico lembrando de quando você estava no ensino médio.

— Ai, meu Deus. O que é desta vez?

— Lembro a vez que você ficou doente. Não sei por que não paro de pensar em como eu não conseguia cuidar de você.

— Não era eu quem estava doente, era você. A pessoa de quem você não foi capaz de cuidar era você mesma.

A *omma* parecia não estar dando ouvidos e, em vez disso, caminhava rumo a um canteiro de flores.

— Ah, olha só isso! — exclamou ela, curvada em cima de um canteiro de couve decorativa. O formato delas era o de uma couve normal, mas possuíam tons de roxo e vermelho que lhes conferiam uma aparência quase alienígena.

— Credo, que esquisito. Não encosta nisso, *omma*.

— Eu costumava odiar essa planta, de verdade.

— Por quê? Você ama tudo que é planta.

— Esse tipo de couve foi a primeira coisa em que reparei quando não consegui entrar para a faculdade. Havia um monte de couves plantadas na rua do lado de fora dos portões da universidade, por onde saí assim que vi que meu nome não estava nas listas dos aprovados nos murais. Essa cor roxa me deixou tão nauseada que precisei me segurar para não vomitar. Uma decepção tão inacreditável. Minha vida inteira parecia ter acabado ali mesmo, mas olha só para mim agora, ainda viva.

— Fico impressionado que eles tivessem couve naquela época.

— Eles tinham. Tinham tudo que a gente tem agora.

Fiquei refletindo sobre todas as outras coisas que sempre existiram enquanto a guiava de volta para o quarto do hospital.

*

Uma vez, por volta do fim daquele outono, fui encontrá-lo quando ele veio até o norte do rio Han para entregar um manuscrito que estava editando. Brigamos um pouco enquanto bebíamos num bar barato perto da Universidade de Hongik quando ele comentou que a minha incapacidade de me segurar quando bebia lhe lembrava alguém — provavelmente sua *omma*. Cansado de ouvi-lo distorcer os assuntos que conversávamos até que todos voltassem à sua época de militante do movimento estudantil ou à sua mãe, retruquei que aquela sua incapacidade de permitir que qualquer coisa além dele fosse o centro das atenções era um sinal de um complexo materno. Ele retaliou dizendo que eu tinha o mesmo problema. Assim como qualquer outra acusação que não fosse completamente equivocada, aquelas palavras deixaram feridas dolorosas que, por sua vez, descambaram para uma discussão enorme. Aquela noite agradável de drinques que eu esperava ter com ele acabou virando uma briga arrastada durante a qual a gente falou o que não deveria. Saímos do bar magoados, os dois, e fomos até a rua pegar um táxi. As pessoas estavam perambulando com os rostos terrivelmente sujos de sangue. Algumas usavam fantasias de super-herói, e outras, fardas militares. Halloween. *Droga*, pensei. *Já é ruim o bastante ter estragado a noite, agora vai ser uma luta para conseguir um táxi.* Ele disse, com cara de quem comeu comida estragada, que era contra o Halloween porque era uma data comemorativa do Império Norte-Americano. E aí começou uma palestra sobre aceitar costumes estrangeiros sem nem saber direito quais eram suas origens. Eu estava tão de saco cheio dele que continuei de boca fechada.

Seguimos em zigue-zague em meio aos foliões, que estavam se divertindo muito mais do que nós, quando alguém agarrou meu braço. Um zumbi me perguntou se eu podia tirar uma foto dele com os amigos. Respondendo com um sorriso, peguei sua câmera Polaroid e tirei uma foto dele posando com um Conde Drácula e uma Mulher-Maravilha. Ele se ofereceu para tirar uma foto de nós dois também e pediu para a gente ficar um do lado do outro. Encaixei meu braço no dele, e ele ficou ali parado, rígido que nem uma tábua. Lá estamos nós, até hoje, constrangedoramente de braços dados. Assim que a foto foi tirada, ele soltou o braço e se afastou de mim. Perguntei se ele queria a foto Polaroid que nos deram, mas ele foi bem enfático ao fazer que não com a cabeça. Guardei aquela pequena foto no fundo da minha carteira.

Foi a primeira e última foto que tiramos juntos.

*

A Árvore da Vida nas costas dele pareceu ter murchado durante aquele inverno, e o fantasma Irezumi por baixo dela parecia estar desaparecendo ainda mais. Acho que era por ele estar ganhando peso. Acabou que ele largou sua rotina de exercícios três vezes por semana e pegou mais dois frilas de livros de teoria para editar. As rugas na sua testa se aprofundaram e as coisas mais minúsculas lhe davam nos nervos — os sinais habituais de alguém passando por um período conturbado na vida. Não que eu estivesse lá muito melhor. Tinha contraído uma inflamação nasal crônica, recebido mensagens de texto que começavam com "Lamentamos informá-lo…" das 48 empresas para as quais eu havia mandado currículo, estava dormindo apenas três ou quatro horas por noite na cama de acompanhante do hospital, e ficava sentado com o notebook no meu colo digitando uma história sobre uma vida que, ao mesmo tempo, era e não era minha. Não havia sinal, no horizonte, de que qualquer uma dessas coisas fosse acabar em breve. Ninguém poderia olhar na minha cara, naquele meu estado de constante exaustão, e me dar vinte e poucos anos. Nossos encontros durante o dia, antes tão emocionantes quanto missões de espionagem, haviam se tornado cinzentos e enfadonhos, e havíamos chegado, de algum modo, a um ponto do nosso relacionamento em que todas as coisas a respeito de nós dois eram agora apenas uma parte do tédio da vida cotidiana.

Estávamos assistindo a um filme no quarto dele, enquanto bebíamos *soju* e comíamos uma porção de porco agridoce que havíamos pedido no delivery. Na TV de tela plana que ele tinha comprado havia um espião do Bloco Soviético lutando pela própria vida. Eu estava de saco cheio daquele enredo lento, mas ele estava assistindo absorto. Em certo momento, devo ter pegado no sono. O filme já havia acabado quando abri os olhos de novo. Ele estava deitado no sofá, dormindo. Fazia um tempo desde a última vez que eu o vira esparramado daquele jeito, indefeso.

Sem mais nada para fazer, eu me sentei na sua mesa e liguei o computador. Passei um tempo olhando coisas na internet, procurando o nome dele e o meu. Abri a sua pasta de favoritos. Havia todo tipo de links para artigos e blogs. Pareciam ter sido salvos aleatoriamente. Um daqueles artigos, de um site pró--Coreia do Norte, com a palavra "homossexualismo" no título, fisgou meu olhar. Entediado, cliquei nele.

A sociedade da Coreia do Sul se vê diante de problemas cada vez mais complicados conforme o tempo passa. Os trabalhadores estrangeiros, os casamentos internacionais, a predominância do idioma inglês no trabalho e na escola, o homossexualismo e o transexualismo, o aumento de imigrantes e de estudantes no exterior, o individualismo extremo, o excesso de religião, a dependência cada vez maior de capital estrangeiro e a invasão da cultura ocidental são problemas que há uns poucos anos sequer teríamos imaginado. ("O Caminho da Nação", edição de março de 2007)

Mas que diabos é isso?, pensei, virando-me para olhar para ele. Estava deitado na cama de barriga para baixo e nu, havia chutado para longe o cobertor. Suas costas, como sempre, pareciam ter sido rabiscadas por uma criança enquanto ele dormia. Seu ronco rítmico ressoava pelo quarto. Voltei para o computador e li o artigo favoritado. *A sociedade da Coreia "do Sul", capital estrangeiro...* prestei atenção a esses termos estranhos. Por mais que eu lesse e relesse, não conseguia compreendê-los. Ele havia usado palavras semelhantes comigo antes. Alguma coisa grudenta e asquerosa, como uma gosma, estava começando a me engolir. Será que era isso mesmo que ele pensava de mim?

Cliquei em mais algumas páginas nos favoritos do seu navegador antes de fechar a aba. Eram todos artigos sobre a "doença" ou "mal-estar social" da homossexualidade. Apaguei o histórico do navegador e desliguei o monitor. Era melhor continuar como se não tivesse visto nada. Ainda mais porque eu estava acostumado a escolher não ver nada. Deitei do lado dele. As pichações arruinadas nas suas costas preencheram meu campo de visão. Fui passando os dedos em cima de cada linha. Estavam frias. Mesmo depois de eu ter coberto nós dois com o cobertor que ele havia chutado, aquele frio não ia embora. Eu me aninhei de costas para ele e de repente fiquei com a sensação de que alguém me devia um pedido de desculpas. Mas quem?

Os idiotas que culpavam a homossexualidade por cada coisinha besta? Ou o idiota em específico do meu lado por se afundar naquele monte de asneiras e ser incapaz de se aceitar como era? Ou o outro idiota que se apaixonou pelo idiota anterior — por mais que soubesse que ele era mesmo um idiota —, e que se apaixonou tanto que foi fuçar o seu computador e descobrir tudo que podia sobre ele? Talvez todos os citados acima estivessem me devendo um pedido de desculpas. Ou talvez nenhum deles.

Talvez a *omma*.

Eu queria mesmo ouvir um pedido de desculpas sincero dela. Ouvi-la dizer, pelo menos uma única vez na minha vida, que ela sentia muito. Isso, no entanto, nunca ia acontecer, não é? Pensar que isso nunca aconteceria transformava o meu ressentimento em deboche por mim mesmo, por ter aturado uma coisa dessas para começo de conversa, o que me levou a pensar que eu deveria simplesmente pegar minhas coisas e ir embora. Eu me levantei e o deixei roncando na cama. E, pela primeira vez, saí da casa dele antes de o sol raiar. Feito o subproduto decadente do imperialismo norte-americano e do capitalismo ocidental que eu era.

*

Foi por volta daquele horário que recebi uma ligação de uma das minhas antigas chefes, daquela empresa onde trabalhei como estagiário. Ao contrário de mim, que não saía da rodinha de hamster que era a minha vida, ela havia avançado e agora liderava o próprio setor. Haviam acabado de fechar um contrato com a América do Norte de dez bilhões de wons e precisavam desesperadamente de funcionários. Embora pudessem apenas assinar contratos temporários, eles valiam como tempo relevante de experiência de trabalho posteriormente caso os funcionários viessem a ser efetivados. Ambos sabíamos que aquela promessa de um contrato permanente era uma cenoura inexistente que ela estava pendurando acima do meu nariz, mas, no fim das contas, as coisas estavam feias o suficiente para eu ir atrás dela. Eu não parava de fazer reverências ao celular (como se ela pudesse me ver), dizendo: "Pode contar comigo."

No dia em que recebi meu primeiro pagamento, propus a ele que saíssemos para dar uma caminhada até o Chosun Hotel.

— Um hotel? Nós dois? Agora?

— Não para dormir lá. Vamos num restaurante bacana. Comer um filé, uma massa.

— Não sei se posso bancar uma coisa dessas.

— Não se preocupe. É um agradinho meu. Para comemorar meu novo emprego.

Ele fez que não com a cabeça e disse que não gostava muito de comer carne. O que era uma mentira deslavada, porque àquela altura já havíamos ido juntos a um milhão de churrascarias. Ele insistiu que gostava de churrasco, mas não de filé. Quando sugeri macarrão, ele disse que a gente deveria pegar, em vez disso, um cozido de frutos do mar. Mariscos grelhados ou caranguejo temperado.

— Meu Deus, *hyung*, você gosta tanto assim de frutos do mar? Por acaso você foi um tubarão na sua vida passada?

— É que é estranho demais, só isso.

— O quê?

— Dois homens comendo massa num restaurante.

E foi assim que começou a nossa briga.

— Você acha que o mundo vai rachar no meio se dois homens por acaso estiverem andando por aí juntos? E se, pasmem, os dois respirarem o mesmo ar?!

— Já que estamos falando disso, acho que você encosta um pouco demais em mim quando estamos andando juntos.

— Ah, vai à merda, ninguém presta atenção em você na rua. Você acha que ainda é presidente do diretório acadêmico ou coisa assim? Chega desse complexo de diva!

— Tem noção do quanto você é um gay escancarado?

E foi aí que as coisas ficaram feias de verdade.

— Você está dizendo que tem vergonha de mim?

— Sim, é isso mesmo. Tenho vergonha de você. Você quer pegar na minha mão em público, me chama de "amor". Quer dizer, o que as pessoas iam pensar?

— Sabe de uma coisa? Também tenho vergonha de você, *hyung*. Essas suas calças horríveis e idiotas, suas camisetas com gola esgarçada, sua mochila esfarrapada com toda essa tralha... nem espiões da Coreia do Norte andam por aí desse jeito.

Ele parou no meio da rua. E, por um tempo, ficou simplesmente parado ali, em pé. E eu simplesmente fiquei encarando-o. Depois, ele virou o rosto e, sem dizer uma só palavra, foi embora. *Quem ele está achando que é?*, pensei e, antes que me viesse a ideia de ir atrás dele, ele já havia desaparecido de vista.

Será que eu tinha cometido um erro?

Foi a primeira vez que eu o vi me dar as costas e ir embora daquele jeito.

Depois, silêncio.

Ele parou de falar comigo. Não atendia quando eu ligava. O celular indicava que ele lia minhas mensagens, mas nunca respondia. Foi a primeira vez que passei pela experiência de um silêncio total e completo vindo dele. Meus lábios secaram e eu sentia meu coração se apertar de tanta preocupação. Eu havia me esquecido do ciclo maçante em que estávamos. Mais uma vez passei a dedicar cada minuto do meu dia a pensar nele: a primeira coisa que eu pensava ao abrir os olhos de manhã era: *Será que ele vai me ligar hoje?*, e aí, quando ia deitar com o celular embaixo do travesseiro, eu só conseguia sonhar com ele. Havia apenas uma pergunta que rodava na minha cabeça naquela época.

Quem era ele e o que eu era para ele?

Quanto mais tempo eu passava com ele, mais eu percebia o quanto éramos incompatíveis. Era para ter sido óbvio. Ele havia deixado claro, desde o começo, que não havia qualquer espaço para mim em sua vida, que ele me chamava no meio da madrugada quando não tinha ninguém por perto porque gostava de me comer e dar palestrinha depois. Ele me via como alguém para ensinar e transformar, e eu infelizmente não estava sendo receptivo a isso. Houve muitas noites em que me flagrei sem conseguir dormir, pensando nisso tudo.

Então, após uma semana de silêncio, ele me respondeu, com uma mensagem de texto.

Como você está?

Eu quase fiquei com raiva daquela postura tranquila dele. Ou, para ser sincero, eu estava com raiva de mim mesmo pelo surto de alegria que senti, mas não conseguia evitar. Vieram lágrimas nos meus olhos. Quanto mais ele parecia um mundo misterioso que eu jamais poderia conhecer por inteiro, mais eu queria conquistá-lo. Queria espremê-lo até ele parar de respirar. Ele não ligava que eu pertencesse a ele, mas eu queria fazê-lo sentir que deveria ser eu ou mais ninguém. Queria agarrar a vida dele pelos colhões e fazer com ela o que eu quisesse. Por isso tomei uma decisão imensa, daquelas que mudam a vida inteira.

Eu iria apresentá-lo à minha mãe.

Fiz essa sugestão de um jeito leve e casual, como se não fosse nada para mim, durante um jantar de ensopado de peixe apimentado e *soju*. Ele estava ocupado em tirar as espinhas do peixe quando soltei a bomba:

— Quer conhecer a minha mãe?

Ele olhou para mim com uma expressão de *E agora?*

— Por que eu iria querer uma coisa dessas?

— Sei lá... O tempo anda tão bom nesses dias. Seria legal darmos uma caminhada juntos no Parque Olímpico... sei lá.

Os pauzinhos dele procuraram mais peixe em meio às massas de broto de feijão na grande cumbuca que dividíamos, antes de desistir.

— Certo. Vamos.

— Beleza, *hyung*. Vamos caminhar juntos no domingo. E talvez tomar um café.

— Certo... Encontro você no Parque Olímpico.

Foi mais fácil do que eu pensei.

*

Conforme se aproximava a data do segundo procedimento, a *omma* fez todo um alvoroço com os pesadelos que andava tendo. *Olha só para ela*, pensei. Ela sempre tinha entrado em pânico com coisas do trabalho, do filho e da própria educação. Aquele comportamento começou só depois de removerem seus tumores, e o procedimento que ela faria era simples, apenas para remover os tecidos inflamados e auxiliar o fluxo de sangue. O médico teria que se esforçar de verdade para fazer uma cagada ali. Pensei que aquela era uma boa oportunidade. A breve janela que iria se abrir quando aquela cirurgia terminasse e ela estivesse prestes a começar sua nova vida, livre da doença, preenchida pelo amor que tinha por Deus e pela humanidade e pelo universo...

Era aí que eu ia jogar a minha bomba na vida dela.

Pelo bem de um futuro com a *omma*, com ele e comigo, pela vida que todos nós tínhamos pela frente, eu precisava ser corajoso. *Vamos abrir a porta e encarar o mundo. Sim, vamos fechar os olhos e saltar na escuridão.*

Após acompanhar minha mãe na ambulância que a transportou até o Hospital Asan para sua cirurgia, voltei para o seu quarto a fim de limpá-lo um pouco. Havia uma fotografia na sua mesa de cabeceira. A foto Polaroid dele comigo.

Peguei a foto. Meus hábitos desleixados (e minha velha carteira de couro esgarçada) devem ter feito com que eu deixasse cair a foto em algum lugar. Será que foi a minha mãe que a pegou e colocou na mesa de cabeceira ou será que foi a enfermeira? Com certeza foi minha mãe. Quem sabe quando foi que eu a deixei cair? Mas colocar uma foto em que estou de braço dado com um homem bem num lugar onde eu veria de cara, logo no dia em que ela ia fazer cirurgia, desaparecendo no centro cirúrgico sem dizer uma palavra sequer — isso era bem o tipo de coisa que minha mãe aprontava.

Ela sempre foi esse tipo de pessoa. Alguém que sabe de tudo, que enxerga o que está por trás de tudo.

Mesmo durante a crise financeira asiática, quando meu pai desapareceu após deixar o nosso lar em ruínas, a *omma* havia enxergado tudo.

— Filho, nós vamos ter que pegar o pai juntos.

Ela e eu entramos no seu carrinho vermelho e chegamos a um bairro de habitações subsidiadas em Incheon. Havia tantas teias de aranha nas escadarias e nos corredores que, quando batemos na porta do 302, já estávamos travando uma luta de corpo inteiro contra elas. Batemos na porta durante muito tempo — achei que o apartamento fosse desabar de tanta pancada —, mas ninguém respondeu. Após ficar um século espiando dentro da janela do corredor, tentando flagrar o pai (e a Outra Mulher) no ato, decidimos retornar para o carro. E, assim que manobramos o carro e estávamos prestes a voltar para casa, encontramos o pai no terreno baldio atrás do condomínio.

— *Omma*, olha.

O pai estava jogando badminton com uma mulher de meia-idade miudinha. Os dois estavam com uma aparência totalmente diferente da que eu tinha imaginado. Havia algo de semelhante em sua aparência, como duas peças de quebra-cabeça, um encaixe perfeito. O rosto do pai tinha uma expressão de tranquilidade que eu nunca vi durante a sua vida inteira com a *omma*. Alguém de fora que não compreendesse a situação acharia que minha mãe e eu éramos cobradores, chegando para infernizar um casal inocente e comum. Jamais me esquecerei do rosto da *omma* ao avistar os dois. A expressão dela, como se seu mundo inteiro tivesse parado de girar, com certeza não daria para explicar com qualquer uma das 48 emoções de Espinosa. Suas sutilezas de sentimento, suscitadas por aquela estranha tranquilidade da qual meu pai e a Outra pareciam partilhar, não podiam ser simplificadas em conceitos como desespero ou sofrimento. Aquela sensação de fazer pressão em cima de algo que ameaçava ferver ou explodir — foi a primeira vez que eu fiquei sabendo da existência dessas emoções.

Após ser operada, a *omma*, apesar dos tubos de sangue que saíam de sua barriga, pegou o hábito de levantar da cama num certo horário e ficar sentada na beirada. Acendia uma vela na mesa de cabeceira, juntava as mãos e orava durante mais de meia hora. Dobrar a barriga e as pernas daquele jeito não podia fazer bem para a recuperação das suas cicatrizes pós-cirúrgicas, mas ela insistia em se mortificar daquele jeito várias vezes. E, após orar, ela montava a bandeja em cima do leito e copiava versículos da Bíblia. Sua transcrição obsessiva era como uma prática ascética. Imagino que, em vez de gritar e chorar suas mágoas, arrancando os cabelos, ela havia escolhido o método de copiar versículos da Bíblia, cuidadosamente desenhando as letras no seu caderninho com a caneta esferográfica. Essa era a única penitência que a minha mãe, que tentou recusar a anestesia, era capaz de realizar, e sua transcrição parecia quase uma espécie de respiração.

Inspira uma letra, expira uma letra.

Esse ato de respirar e escrever me pareceu semelhante à paixão que me atormentava na época. Será que foi mesmo uma paixão por alguém? Ou uma paixão pela pessoa que eu me tornava quando estava envolvido com alguém?

Foi, de certo modo, uma paixão sem fundo para mim.

Uma paixão por amar Jesus, por se entregar inteiramente ao ato de viver. Era esse, talvez, o sentimento que tive pelo meu carinha em certo momento, um sentimento de me entregar a alguma coisa, uma energia da qual eu não ficava longe nem por um minuto; talvez seja algo próximo da religião. Permitir-se cair na completa escuridão, um tipo de fé.

Uma vez eu a encontrei sentada naquela pose, sem perceber que a sonda urinária havia saído do lugar. Fiquei tão fulo da vida que gritei com ela:

— O que você está fazendo? Acha que orar vai mudar alguma coisa? Como pode achar que essa bobagem vai ajudar você em qualquer coisa que seja?

A *omma* com frequência usava a palavra "milagre". Que alguém da sua congregação havia transcrito a Bíblia inteira em mil dias e recebeu o milagre da cura. Que ela mesma também teria a experiência daquele milagre em breve. O milagre não havia acontecido com alguém que ela mesma conhecia, mas com a esposa do sobrinho do diácono. Pelo amor de Deus, a esposa do sobrinho do diácono? Um milagre daqueles parecia tão improvável quanto a paz entre a Palestina e Israel. A *omma* acrescentou que ela não necessariamente desejava um milagre, só queria viver uma vida que o Senhor considerasse bela. A única coisa que eu podia fazer era chamar a enfermeira, apesar das suas recusas obstinadas, para reinserir a sonda e trocar os lençóis da cama.

Naqueles tempos de dor e enfermidade, as únicas coisas que tinham sentido para ela eram orar e copiar versículos bíblicos. Tenho certeza de que era assim que ela se sentia de verdade. Nunca olhava no espelho, nem ligava para ninguém, só ficava ali escrevendo, letra após letra, num silêncio diligente. Eu interpretava aquilo como um protesto da parte dela contra minha incapacidade de vencer o meu vício (a saber, a homossexualidade), sua resistência contra aquele câncer absurdo que havia recaído sobre ela, apesar do esforço que ela havia demonstrado ao longo de sua vida inteira, seu testemunho da paixão pela vida em si — todas essas coisas se misturavam num tipo de carta de protesto dirigida ao divino absoluto. No fim, eu não pude conversar com ela a respeito dele ou da foto. Não pude conversar com ela sobre coisa alguma.

*

Não consegui falar com ele no domingo.

Seu celular estava desligado, e ele não respondeu às minhas mensagens de texto.

A *omma* e eu demos um passeio perto do reservatório, só nós dois.

Olhei para trás várias vezes. Claro que ele não estava lá.

Nossa caminhada naquele dia foi breve.

*

Recebi uma mensagem dele quatro dias depois. Algo de ruim aconteceu com um *hyung* próximo e ele não podia atender o celular. Pediu umas "desculpas" bem rasas e tardias, como quem finaliza um prato colocando um raminho de salsa como decoração.

Algum *hyung* que ele nunca nem mencionou antes. Algo de ruim aconteceu.

Claro. Com certeza foi isso. Algo de ruim. E você estava ocupado.

Não fiquei com raiva dele. Nossa conversa prosseguiu como se nada tivesse acontecido. Igual a todas as vezes anteriores.

*

Após um ano e meio de tratamento, declararam que o câncer da *omma* estava em remissão. O médico dela considerou sua remissão um triunfo da terapia persistente e efetiva com base em tecnologia médica de ponta. Eu a considerei um triunfo dos cuidados diligentes e abnegados da minha parte. A *omma* a considerou um milagre, enviado diretamente de Deus.

Quatro dias antes de ela receber alta, ele veio pela primeira e última vez à nossa casa. Eu havia decidido cozinhar para ele na nossa cozinha, já que ele ficava tão desconfortável ao ser visto comigo na rua. A ideia de receber a visita dele em plena luz do dia me deixava emocionado. Vê-lo comer uma refeição que eu havia preparado com minhas próprias mãos, no lugar onde cresci! Ele chegou na hora exata, colocou com calma sua mochila perto da entrada e foi delicadamente entrando na minha casa com aquele inconfundível modo de "convidado educado", usando o seu costumeiro "Com licença por favor". Ao olhar de relance pela sala de estar, ele acrescentou: "Você tem um lindo lar." A primeira coisa que ele fez, depois daquela cerimônia toda, foi ir direto para o meu quarto e dar uma olhada cuidadosa na lombada de todos os meus livros na prateleira, como se fosse um arquivista da Biblioteca Nacional. Ele se sentou na minha cama. Que sensação vê-lo sentado na minha cama! Eu fiquei tão feliz, estava andando nas nuvens. Tirei as meias e fui na direção dele, por cima da minha roupa de cama, que tinha o cheiro do meu corpo, buscando um beijo daqueles seus lábios. Ele virou a cabeça de leve, apontou para a roupa de cama, que por acaso tinha uma capa de edredom da Michiko London, e começou a me dar bronca.

— Tem uma bandeira do Reino Unido neste cobertor.

— Hã, tem.

— O sr. Young ama mesmo as bandeiras dos países ocidentais.

— Na verdade, não. Nem reparei que tinha uma aí. Você sabe que o obcecado por bandeiras aqui é você, né?

— Lá vem você de novo. Sempre fica tão na defensiva.

— Não fico. Só falo do jeito que eu falo.

O clima havia esfriado entre nós. Desci da cama e disse que faria o almoço. Massa, que eu nunca havia comido com ele, jamais. Na cozinha, cozinhei o espaguete, piquei o alho, aqueci a frigideira com azeite de oliva e fiz os mariscos e *peperoncini* salteados. Devo dizer que eu estava apaixonado por aquela imagem minha cozinhando para ele, me vendo limpar uma ou outra gota de suor da testa. Eu sentia alegria porque a comida que eu preparava com minhas próprias mãos se tornaria parte do corpo dele. Aquela satisfação bastava, pensei, enquanto empratava o macarrão e o levava à mesa. Ele mexeu nele com os pauzinhos, sem nem tentar prová-lo. Depois baixou os utensílios e olhou para as minhas fotos de quando eu era bebê embaixo do vidro da nossa mesa de jantar.

— Olhar para essas fotos me faz pensar que sua mãe ama você de verdade.

— É sério? Agora?

— Sim. Tem algo de diferente no rosto de alguém que é amado. E algo de diferente numa foto tirada por alguém que ama. E é essa a questão, sr. Young.

— O quê, *hyung*?

— Acho que você deveria conhecer um homem legal algum dia.

— ... O que foi que você acabou de dizer?

— Ou talvez uma mulher legal.

Ele disse aquilo tão casualmente como se estivesse sugerindo que saíssemos para comer *hoe* em vez de massa. Eu não tinha resposta para aquilo. O que mais poderia fazer, além de ficar olhando para a cara dele? Quem diria uma coisa dessas como se não fosse nada? Quem era aquele homem por quem eu era tão obcecado, aquele homem em quem eu estava pronto para me atirar? De repente o mundo inteiro parou de fazer sentido, e a única coisa que eu podia fazer era ficar ali encarando. Será que, naquele momento, a minha cara era como a da *omma*, encarando o pai e a Outra jogando badminton? Por que foi tão repentino? ... Ou será que não foi tão repentino assim? Será que ele descobriu que eu havia usado o seu computador e escavado os seus segredos, que eu havia tentado virar a vida dele do avesso para ver o que saía dali? Será que era impossível voltar a ser como éramos?

Ele suspirou e se pronunciou mais uma vez:

— O que você achava que nós éramos? Nós dois?

— Do que você está falando?

Eu agarrei o seu braço enquanto ele se levantava do assento. Simplesmente não podia deixá-lo ir embora daquele jeito — eu não era a *omma*. Quando ele tentou se soltar, eu o segurei com mais força. Ele me encarou com aquela cara de pena dele, com a qual eu já estava tão acostumado.

— Você não achou que isso era *amor*, achou?

Eu lhe dei uma bofetada na cara, com força, antes que pudesse me segurar. Quando voltei a mim, me flagrei com as mãos ao redor do seu pescoço, esganando-o contra a mesa da cozinha, apesar de ele ter uns bons dez centímetros a mais que eu. Seu rosto ficou roxo enquanto ele se debatia para tirar minhas mãos do pescoço dele. Havia lágrimas em seus olhos vermelhos. As **lágrimas dos meus olhos respingaram na cara dele e escorreram pelas suas bochechas. Eu o soltei.** Quando percebi o que eu tinha feito, já era tarde demais, e, após dar umas tossidas, ele se levantou da mesa como se nada tivesse acontecido e colocou o casaco com seus movimentos de bicho-preguiça, de sempre. Então jogou sua mochila decrépita em cima do ombro e saiu pela porta da frente, me deixando. Não fui atrás dele. Em vez disso, fui direto para a varanda assim que ele saiu. Abri a janela e fiquei olhando fixo as suas costas. Fiquei olhando e olhando. Eu sabia que era a última vez que o via, simples assim. Eu o encarei fixamente até ele desaparecer completamente, até ele virar um pontinho evanescente, mantendo-o em meu campo de visão até o fim.

Alguns dias depois, toquei a campainha da casa dele. Ninguém atendia, não importava quantas vezes eu tocasse. O seu portão, que outrora fazia o ruído de alguém chorando ao se abrir, permaneceu fechado.

Deixei uma carta na sua caixa de correio. Bem, não era uma carta de verdade, só umas páginas rasgadas do diário que escrevi durante o nosso tempo juntos. Trinta páginas transbordando com as emoções das vezes que tínhamos estado na companhia um do outro. Nem me lembrava do que havia escrito. Assim como eu nem sabia o que havíamos sido, no fim das contas. Na última página do meu diário, escrevi que tinha a esperança de que ele considerasse me encontrar de novo, que eu ficaria esperando até ele me ligar. Arremessei as páginas na sua caixa de correio como quem joga um saco de lixo na lixeira, aquele pedaço do meu coração em carne viva, que ainda estava batendo.

Duas semanas depois, veio uma mensagem de texto.
Por que você não tenta virar escritor?
Não houve qualquer resposta às minhas súplicas.

Aquele filho da puta, até o triste fim, disse apenas exatamente o que ele queria dizer, nunca deixando de agir comigo com condescendência. Todo tipo de resposta correu pela minha cabeça; acabei deixando o celular de lado. Tomei a decisão, pela primeira e última vez em nosso relacionamento, de escolher o que era melhor para mim. Fechando os olhos, cliquei na opção de deletar o número dele. Os dígitos vieram à mente com a mesma nitidez como se tivessem sido gravados em brasa na minha bochecha, da minha pálpebra até o meu lábio superior, mas eu sabia que, um dia, mesmo aquilo haveria de desaparecer da minha memória.

No fim, acabamos nem comendo um prato de macarrão quentinho juntos.

Em vez disso, bebi pesticida. No que eu despejava o veneno dentro da minha xícara de café americano gelado, fiquei refletindo que, para ele, até isso era um subproduto do Império Norte-Americano (o café, afinal, se chamava "americano") e um subproduto da mão de obra explorada do terceiro mundo. Isso me soou tão hilário que eu ainda estava dando risada quando finalmente fechei os olhos. Não derramei nenhuma lágrima.

Quando acordei de novo, estava na UTI. Por coincidência, era no Asan Hospital, o mesmo onde a *omma* estava. Fizeram lavagem estomacal em mim e estavam administrando hemodiálise; eu podia ver a *omma* em pé, ao longe, observando. Não era o rosto que eu queria ver do outro lado. A velha *omma*, diante daquela situação, teria gritado comigo, ou me batido, ou começado a chorar, ou a me dar uma bronca que começava com "Meu Senhor...", ou então se comportado de algum outro jeito digno de uma novela melodramática de sessão da tarde, mas, naquele dia, ela simplesmente ficou parada, me olhando. E depois disse:

— Não se esforce demais. Todos vamos morrer um dia, de qualquer forma.

Eu queria berrar: *Por que você não guarda esse conselho para você, hein? Não era para você me perguntar por que eu fiz isso? Não tem uma coisa que você sempre quis saber a meu respeito?* Eu queria botar a casa abaixo de tanto gritar com ela, mas estava entubado, e o respirador na minha garganta me impedia de falar.

*

Durante um tempo depois daquilo, me enfurecia ouvir as pessoas falando sobre amor. Ainda mais se fosse sobre amor entre gays; não importava quem fosse ou o que dissessem, eu sentia uma vontade violenta e sem sentido de encher a pessoa de porrada. *Nosso amor é o mesmo, nosso amor é lindo, nosso amor é apenas mais uma forma de amor entre um ser humano e outro...*

Mas será que o amor é lindo mesmo?

Para mim, o amor é uma coisa que você não consegue impedir quando está embrenhado nele, um breve momento do qual só dá para fugir depois que ele se torna a coisa mais hedionda imaginável e do qual você só fica consciente quando se distancia. Essa foi a verdade incômoda sobre o amor que aprendi na UTI e na enfermaria.

3.

Cinco anos inteiros haviam se passado desde que ele e eu tomamos rumos diferentes. Eu estava com trinta, com cara de trinta. Escritor publicado, eu nem lembrava mais do número de telefone dele. Para falar a verdade, eu andava ocupado demais sendo pisoteado pela vida para lembrar muito dessas coisinhas da existência cotidiana.

Era domingo de novo, e eu estava descascando algumas maçãs sem agrotóxico. Uma mulher de meia-idade estava sentada do meu lado, pesando 43 quilos e transcrevendo as palavras de Coríntios 3:2. Quando lhe ofereci uma fatia da maçã, ela recusou, fazendo que não com a cabeça.

— Você sabe que não gosto de maçã. Deixa o meu estômago ácido.

— O estômago é para ser ácido. Come aqui para ver se cresce um fígado novo aí dentro.

— Quando se é velho, o fígado não se regenera tão fácil assim.

— Está bem. Por que você não vira a médica, a pastora e todas as pessoas deste vasto mundo, então?

A *omma*, seu médico, eu e todas as pessoas do mundo sabiam que não lhe restava muito tempo. Ela disse que não queria maçã, que queria era rever o reservatório. Quando me levantei para pegar a cadeira de rodas, ela ficou irritada e insistiu que iria até lá caminhando por conta própria.

Demorou apenas dez minutos para ela ficar exausta. Sua ferocidade de momentos atrás havia evaporado, e então lá estava ela, se esgoelando comigo para que eu encontrasse um lugar para descansarmos. Sentamos, como sempre, num banco perto do reservatório. A *omma* respirou fundo e colocou uma das mãos na minha perna. As muitas injeções necessárias para o seu tratamento haviam deixado as veias nas costas da sua mão vermelhas. Sua pele era que nem papelão, como folhas velhas que poderiam se esfarelar ao toque da mão. Ela tirou um bilhete do bolso e o entregou para mim.

Assim como eu cuidei de você, o Senhor também cuida.

Meu Deus, omma, *você tem certeza de que suas prioridades estão certas? Por que aceitar a minha compaixão quando você pode me irritar?*

Meus olhos não paravam de percorrer o reservatório. Sempre que a *omma* parava para recuperar o fôlego, eu me flagrava tirando um momento para dar uma olhada ao nosso redor, analisando com cuidado o rosto de cada transeunte. Era tão patético que quase ri sozinho. Fiquei me perguntando o que eu diria se ele aparecesse mesmo. Será que eu o apresentaria para a *omma* como se nada tivesse acontecido? Será que eu diria que estava feliz em vê-lo? Ou será que eu o ignoraria e passaria reto? Era ridículo pensar que ele poderia estar ali e eu não ter visto. Qualquer gigante de 1,93 parado perto do lago iria se destacar como se fosse um alienígena.

Mudei meu número de telefone depois de virar escritor. Não havia nenhum grande motivo por trás daquela decisão — só queria que a minha vida fosse um pouco diferente de como era antes de publicar um livro. Uns poucos cliques e consegui um número novo. Estaria mentindo se eu dissesse que nunca pensei no número dele. Começava com 010-81, mas os outros dígitos tinham desaparecido da minha memória havia muito tempo. Ainda assim, não conseguia me livrar da sensação de que eu tinha lutado contra alguma coisa e perdido. Minha esperança de esquecer o número dele foi, por si só, um empenho forçado e artificial no fim das contas. Durante todo aquele tempo, eu nem sabia o que eu queria de verdade, o que eu esperava de fato.

A *omma* e eu nos sentamos nos bancos perto do gramado, onde ficavam as esculturas esquisitas. Era o lugar onde ele e eu deveríamos nos encontrar cinco anos antes, o parque das esculturas. Quanto mais eu tentava tirá-lo da minha cabeça, mais eu pensava nele. Ele estaria parado lá em pé assim que eu virasse a cabeça; tinha certeza. Por que eu estava sendo tão idiota? Aí me lembrei do envelope grosso na mochila pendurada no meu ombro. Aquela pilha de páginas não parecia ser feita de papel, mas de algo pesado, como tijolos ou halteres.

Passei por muitos homens depois de terminar com ele. Amores que desapareciam como a garoa sobre o asfalto, amores quentes, amores desesperados que desvaneciam após uma única noite... Eu me atirei em todos os tipos de amor, mas nunca me apaixonei por ninguém como tinha me apaixonado por ele. Houve homens melhores do que ele, muito melhores, segundo qualquer régua objetiva, mas nenhum deu liga de fato. Demorou um tempão, um tempão mesmo, para eu me dar conta de que ele tinha ficado com as partes mais calorosas de mim e, no processo, acabou me transformando para sempre.

A *omma* de repente se levantou do banco e foi caminhando devagar, subindo um morrinho. Eu a segui. Lá em cima, ela se sentou na grama. Era noitinha de outono no Parque Olímpico. A fragrância das folhas cada vez mais secas do outono subia pelo meu nariz. Larguei a minha mochila e usei as coxas emaciadas da minha mãe como travesseiro. Sentia como se tivesse nove anos de novo.

— *Omma*, por que você está sentada direto na grama? Você me dizia que isso causava febre hemorrágica viral.

— Quando foi que eu disse uma coisa dessas?

— Quando eu tinha dez anos e você estava tirando o seu segundo diploma universitário on-line. Lembro de você usando o seu chapéu de formatura quando disse isso. Que se eu tocasse a grama com a pele descoberta, pegaria uma doença que ia esburacar minha pele toda e fazer sair sangue dos buracos. Que era por causa dos germes no cocô dos ratos.

— Você está inventando isso. Eu nunca diria algo tão nojento.

— Você disse, sim, é sério. Está vendo? Você não se lembra de nada dessas coisas. Eu me lembro de tudo. Você me deixou, a vida toda, com uma fobia de grama por causa disso. Até hoje, eu prefiro o asfalto e sempre evito a grama.

— É sério? Que bobeira minha. As coisas que eu dizia para uma criança.

O sol começava a se pôr. Por um momento, nós dois não dissemos nada, ficamos apenas assistindo àquela cena. Depois, sem tirar os olhos do sol, minha mãe disse:

— As coisas são tão lindas quando desaparecem.

— Você acha?

— Filho, você acha que sou uma pessoa muito audaciosa?

— Por que essa pergunta assim de repente?

— Você sabe que vivi um bom tempo que nem um homem. Eu achava que não tinha medo de nada e que passava longe de qualquer mágoa. Mas aí tive você e percebi que não era verdade.

Quando você era bebê, segurá-lo no colo era que nem segurar uma bolsona gorda, eu me sentia tão rica e satisfeita. E isso me deixou com medo. De que você pudesse se machucar, quebrar ou desaparecer.

— Meu Deus.

— Uma vez, quando você estava no jardim de infância, achei que o tinha perdido. Já havia passado do horário da escolinha, mas você não tinha voltado para casa. O motorista disse que você não entrou no ônibus, tinha falado para ele que ia para a casa de um amigo. Entrei em pânico. Saí correndo de casa e fui procurar você, no caminho todo da escolinha até lá em casa, até que o vi de costas a certa distância. Decidi seguir você e descobrir o que estava aprontando. O que você fazia era dar alguns passos e parar. Olhava todas as lojas, cada uma delas, observando e tocando as coisas. O rosto cheio de curiosidade. Eu não estava com raiva. Estava com medo. Percebi que você não era mais a criança que eu conhecia. Você ia ver o que quisesse ver, andar onde e quando quisesse andar... você era uma criança com um mundo próprio. Isso me encheu de tanta mágoa. Tanto medo.

— Acho que sempre me distraí com facilidade.

— Acredito que por isso eu sempre tenha sido tão terrível com você. Tinha medo. Queria guardá-lo no meu mundinho, do tamanho de um pratinho de molho de soja, para sempre.

A *omma* abriu um sorriso enquanto passava a mão na barriga, bem no lugar onde ficava a metade do seu fígado, a fonte da coragem segundo o folclore, que havia sido removida. Fazia um tempão que eu não a via sorrir.

Depois que o seu câncer voltou, eu não parava de sonhar com a sua morte.

No meu sonho, o carro dela não era mais vermelho e pequeno, mas um grande Volvo fabricado nos Estados Unidos. O carro mais seguro do mundo, dizem. Essa não era a única diferença em relação à realidade. A *omma* não parecia estar para morrer; tinha seus quarenta anos de novo, toda cheia de energia e vitalidade. No sonho, ela conduzia esse Volvo de modelo americano e o atirava de um penhasco. Ele caía e se estilhaçava em mil pedaços. Ela esticava a mão para fora de uma das janelas. O motor pegava fogo, animais selvagens cercavam os destroços flamejantes, como se fosse um churrasco. Subia uma fumaça preta do interior do carro, e alguma coisa aparecia em cima do seu corpo. Couve decorativa. Parecia um fungo azul. Ele florescia e a cobria num instante, obscurecendo a cena do acidente de repente. E quais eram os meus pensamentos ao observar tudo aquilo de lá do penhasco? Eu chorava? Dava risada? Ou não sentia nada?

Eram sempre cinco da manhã quando eu acordava daquele sonho, suando frio. Eu me sentava à mesa da *omma* e começava a escrever, com as costas encurvadas em cima de uma escrivaninha patética de tão pequena para alguém do meu tamanho. Minhas frases se formavam como linhas saindo da ponta dos meus dedos. Elas não paravam de vir, sem que eu sequer pensasse nelas, como se tivessem vontade própria. E então eu sentia um cheiro de queimado, e as frases que corriam feito um carrinho vermelho enlouquecido paravam.

Toda vez que eu pensava no que a minha escrita significava para ela, eu me sentia tão perdido quanto se estivesse espiando pela beirada de um precipício. Eu já tinha trinta anos, fazia uma década que era adulto, juridicamente falando, e tinha idade para saber que minha mãe não existia apenas para empatar a minha existência, mas era uma pessoa com vontade própria que havia lutado muito para ganhar a vida. Só aconteceu de ela ter dado azar. Em outras palavras, o fato de nossa relação ter sido horrível assim era tão natural quanto um câncer, ou um fungo, ou a rotação do nosso planeta, ou as manchas solares. Eu sabia disso, mas a sensação de que ela era a fonte de todos os meus problemas continuava me incomodando. Eu me recriminava por pensar aquelas coisas a respeito de uma pessoa moribunda, alguém que estava só pele e osso àquela altura, mas o pensamento se recusava a sair da minha cabeça.

Eu aos dez anos com pavor de morrer de hemorragia de buracos no meu corpo todo, eu aos dezenove escrevendo sobre a minha mãe para ganhar uma graninha extra e eu com trinta atiçando em mim uma fúria de ódio vingativo para escrever histórias sobre pessoas que tinham sido gentis comigo para um público de estranhos que não me conhecia — todas essas versões de mim estavam sentadas atrás da minha mãe naquele dia.

A *omma* estava tão bela e durona como nunca enquanto admirava o pôr do sol. No que a observava, de repente me ocorreu que era possível, de fato, que ela tivesse lido cada um dos meus livros e textos que foram publicados. Não que isso fosse mudar qualquer coisa, na verdade.

Ela falou com um tom de voz sentimental:

— Quando segurava você nos braços, a sensação que eu tinha era de que eu havia ganhado o mundo inteiro.

Problemas de saúde podem transformar qualquer um numa pessoa completamente diferente. Era uma vez uma mulher que era mais forte do que qualquer outra pessoa, que nunca olhava para trás, que preferia morrer a dizer algo sentimental, que dirá dizer uma coisa daquelas olhando o pôr do sol. Isso me dava vontade de confessar algo também.

— *Omma*... sabe... tem uma coisa...

As palavras vieram à tona antes que eu conseguisse detê-las, mas era insuportável dizê-las. Havia tantas coisas para falar para ela, e eu queria dizer alguma coisa, qualquer coisa que fosse, mas não fazia a menor ideia de por onde começar. *Sabe, omma, tem algo que eu queria dizer...*

Queria que você se desculpasse, pelo menos uma vez na minha vida. Que se desculpasse por ter pisado no meu coração daquela vez. Por ter me parido desse jeito, me criado desse jeito, depois decidido me jogar num lugar de onde eu não conseguia voltar, num mundo de ignorar e de ser ignorado. Queria que você pedisse desculpas por isso. Eu sei que o que aconteceu comigo não era, na verdade, o que você queria que acontecesse, e eu sei que não é culpa de ninguém. Sei disso, mas eu...

— ... Nunca vou entender.

— Entender o quê?

— Lamento muito, mas acho que nunca, na vida, vou conseguir perdoar você por isso. Nunca.

— Do que é que essa criança está falando?

A sensação era de que eu estava prestes a cair no choro. Rapidamente, virei a cabeça. Eu me levantei:

— Banheiro.

Joguei minha mochila no ombro e saí correndo para o banheiro. Quando a minha sanidade retornou, eu me flagrei dentro da cabine para deficientes. Sentei na privada e tirei a mochila das costas. Puxei a pilha de papéis e fiquei segurando-a. As letras distorcidas da minha escrita naquelas páginas, os apontamentos dele em vermelho impostos sobre a minha letra em tinta preta. Rasguei tudo na metade e depois rasguei de novo. Rasguei cada pedaço em pedaços ainda menores, depois arremessei tudo dentro do vaso. As letras tocaram a água e a mancharam de vermelho. Quando dei descarga, as camadas de papel em cima da água formaram um redemoinho de confete e desapareceram por água abaixo.

Quando o segurava nos braços, a sensação que eu tinha era de que eu havia ganhado o mundo inteiro.

Como se estivesse segurando o universo inteiro.

As lágrimas se acumularam, mas não transbordaram. Tive muito tempo para chorar. Dei descarga repetidas vezes até o papel todo desaparecer. Juntando minhas forças, apanhei minha mochila mais uma vez. Abri a porta.

A *omma* agora estava deitada na grama, observando o céu. Parecia incrivelmente tranquila. Em paz. Eu me perguntava se aquela mulher de 43 quilos e 58 anos observando o firmamento evanescente sentia as mesmas coisas que eu. Que a minha vida não poderia ser resumida em colunas bem organizadas de números numa planilha, que a qualquer momento poderia dar uma guinada numa direção imprevisível. Que a pessoa que eu acreditava conhecer melhor, só porque tínhamos laços de sangue, podia na verdade ser a mais misteriosa e desconhecida de todas. Que havia períodos na vida em que você precisava parar de persistir. E que era por isso que a única coisa que eu podia fazer naquele momento era cessar todo pensamento, simplesmente observá-la enquanto ela sorria e atribuía significados a bobagens como o nascer e o pôr do sol. Só o que eu podia fazer era esperar que ela morresse. E esperar que ela morresse sem nunca ter sabido.

Parte III
Regras do amor na cidade grande

Parte III
PEDRAS DO AMOR NA CIDADE GRANDE

1.

Gyu-ho e eu decidimos viajar juntos para o Japão, para comemorarmos nosso aniversário de duzentos dias de namoro. Fingíamos estar trabalhando em nossos respectivos escritórios, quando, na verdade, estávamos trabalhando numa planilha do nosso itinerário para a viagem de quatro dias e três noites. Ou, para ser mais preciso, era eu quem propunha as ideias e o Gyu-ho quem automaticamente concordava com todas.

— Vamos para Asakusa, tirar fotos com o Doraemon em Odaiba e visitar as fontes termais em Hakone.

— Claro, claro.

Demoramos tanto tempo fazendo as malas no dia da viagem que chegamos ao aeroporto com apenas poucos minutos antes do embarque. As filas de segurança e imigração me convenceram de que íamos perder o voo, mas por sorte tudo estava andando com rapidez. Até apresentarmos os dois passaportes no balcão de embarque e um deles voltar.

Era o meu.

— Senhor, este passaporte está vencido.

Feito um idiota, eu havia levado o meu passaporte vencido, que emiti antes de cumprir o serviço militar. Gyu-ho estava tendo um troço do meu lado ("O que vamos fazer o que vamos fazer") e restavam poucos minutos até o embarque.

Eu desisti e entreguei a ele o envelope com os ienes japoneses que havíamos trocado antecipadamente.

— Um trocado do seu *hyung*.

— O quê?

— Já está tudo marcado e é tarde demais para pedir o reembolso. Pelo menos um de nós devia poder aproveitar.

— Quer que eu vá para o Japão sozinho? Do que você está falando?!

Gyu-ho estava deixando transparecer o seu sotaque fofo de Jeju, o que sempre acontecia quando ele se aborrecia. Enfiei o envelope no bolso dele e lhe mostrei o itinerário no meu celular.

— Pode seguir o meu planejamento e encontrar algum cara para passar a noite. Dizem que os japoneses têm paus maiores. Vá e tenha um milhão de casos. Pode ser?

— Sério, que porra é essa?

Gyu-ho abriu um sorriso, mais perturbado do que qualquer outra coisa, quando eu o empurrei até a fila da alfândega. Não parava de olhar para trás, para mim, e eu acenei para ele prosseguir.

Voltei para o trem do aeroporto sozinho. O terreno pantanoso, cinzento e vazio se estendia infinitamente do lado de fora da minha janela. A sensação que eu tinha era de estar assistindo ao mesmo filme, no modo de repetição. Meus ouvidos estavam ávidos por música, então coloquei para tocar o álbum *Aphrodite*, de Kylie Minogue, pelo bem dos velhos tempos. Dias como aquele me lembravam a voz dela. Meus lábios estavam secando, mas não tinha nada no meu bolso — nem um protetor labial. Geralmente essa era a deixa para Gyu-ho me emprestar o dele. Não era só isso que ele fazia por mim. Ele chegava em casa antes de mim, limpava o chão, preparava o cozido, salgado do jeito que eu gostava, me deixava sem palavras com todas as muitas coisas ridículas que ele dizia... O que eu faria sem ele por quatro dias? Pensei em quanto tempo fazia desde a última vez que Gyu-ho e eu havíamos transado. Nunca eu havia tido um relacionamento tão desapegado de sexo assim. E fui eu que o mandei ir dormir com uns japoneses. Então por que eu estava com aquele humor de merda? Provando mais uma vez que ninguém era mais idiota do que eu.

*

Conheci Gyu-ho no que hoje é uma boate gay falida em Itaewon.
Era o feriado de Chuseok e estavam fazendo um open bar de tequila. Sem família para passar o Chuseok — enquanto uma Aberração da Natureza certificada, com talento em desonrar a família (não mudou muita coisa desde então) e preso à pobreza de modo geral (pois é, ainda) —, eu dificilmente poderia me dar o luxo de deixar passar uma oportunidade daquelas. Deixei a seguinte mensagem no nosso grupo:
Ei, gente, tem um evento com tequila liberada na G hoje. Vejo todo mundo lá.
Meus amigos tinham todos seus vinte e poucos anos e nunca negariam bebida de graça, por isso todos nós, os "membros do T-ara", logo estávamos nos pavoneando por Itaewon-ro, todos fazendo carão. Eu havia batizado a nossa panelinha com o nome do grupo feminino T-ara porque éramos seis, e sou muitíssimo criativo em dar nome para as coisas. Eu era o segundo mais baixinho do grupo e cantava de um jeito bem nasal. Naturalmente, aquilo me fazia ser a So-yeon, mas essa não é a parte importante; o que era importante *mesmo* era que havíamos chegado na boate e estávamos fazendo nossa entrada triunfal.

Lasers verdes disparavam do teto, como se estivessem freneticamente tentando furar os olhos de alguém, e é claro que havia gente demais no bar principal para conseguirmos pegar nossas bebidas. As mesas em pé perto da cabine do DJ ficavam vazias, por causa do volume dos alto-falantes. Acampamos ali. Apesar de os membros do T-ara terem o coração de uma menininha delicada, no geral éramos gigantes de mais de 1,75. Tentamos ao máximo pegar leve com a bebedeira e manter os ombros fortes e retos enquanto mandávamos as nossas tequilas para dentro, revirando os olhos de um lado para o outro ao mesmo tempo que furtivamente analisávamos o ambiente. Mas logo estávamos passando dos limites: "Ei, gente, vamos mais devagar." "A gente vai queimar a largada assim." "Ei, Bo-ram, você já está caindo. Eu falei pra gente maneirar." "Espera, cadê o Eun-jeong?" "Ah, foda-se. Vamos encher a cara." A So-yeon, que tinha seus vinte e poucos anos e, com isso, um fígado relativamente saudável, superestimou um pouco as próprias capacidades e acabou virando os drinques goela abaixo como se fosse um bueiro transbordando. E eis que a profecia "A gente vai queimar a largada assim" se concretizou.

Foi então que reparei no barman que estava tentando acompanhar a nossa demanda por shots. Cabelo aparadinho, bonitinho. O que as letras em neon diziam acima de sua cabeça?

Don't be a drag. Just be a queen.

Os alto-falantes estavam martelando "On the Floor", da J.Lo com o Pitbull, diretamente nos nossos tímpanos.

— Ei, DJ! Por que caralho eu tenho que escutar "On the Floor" numa porra de uma boate gay?

Ji-yeon, o carinha supermarombado com o rosto mais lindo e o pavio mais curto de todos nós, foi até a cabine do DJ e gritou, com a sua voz incrivelmente alta, para ele botar T-ara para nós *agora mesmo*, mas o DJ continuou se fazendo, fingindo estar todo sério com um dos lados do seu headphone pressionado contra a orelha. Por acaso aquele arrombado pretensioso não tocava a mesma playlist tediosa toda semana? *Olha aqui, cuzão, aqui é os Estados Unidos ou a Coreia? Me responde. Me responde, porra!* Ji-yeon estava a isso aqui de dar uma patada na cara daquele nerdão. Bo-ram e eu agarramos um dos braços de Ji-yeon, mas que bicha forte ele era, com 1,80 e 83 quilos. E aí, de repente, um flash nos meus olhos, e quando me dei conta, T-ara estava gritando atrás de mim. Ou quando ouvi já era tarde demais: o cotovelo de Ji-yeon havia arrebentado meu lábio.

Um rosto apareceu na minha frente, em meio às estrelas e aos canarinhos rodopiantes. Um cabelo curtinho, olhos alongados e arregalados. Ei, é o barman, não é? Dava para ver mais das suas pupilas do que do branco de seus olhos, o que lhe dava a aparência de um alienígena, e meu rosto estava refletido neles. Eu parecia patético e dormente, até mesmo um tanto solitário.

Mas você, suas costeletas se curvavam até a sua barba e faziam cócegas no meu rosto, de tão perto que você estava de mim. Algo gelado encostou na minha bochecha. Uma garrafa de água mineral Fiji de 500 ml que você levava até o meu lábio arrebentado.

— Você está bem?

Uma voz profunda e levemente rouca. Os lábios com um quê de ressecados cobrindo um dente encavalado muito bonitinho. Parecia um crime deixar aqueles lábios amigáveis passarem batidos. Eu os beijei antes que conseguisse me segurar. Sua língua, que era tão quente quanto o seu olhar, acariciou a minha — eu queria poder dizer que foi assim que o nosso amor começou, mas isso foi muito antes de começar de verdade. Eu estava simplesmente doido. Por você? Não, eu estava doido por causa do excesso de bebida, da música, dos raios laser caóticos, do ar abafado que dava a impressão de que eu poderia ficar sufocado a qualquer momento.

E, mais do que tudo, eu estava doido com a minha própria e pungente infelicidade.

Senti o gosto do sangue. Fiquei sóbrio na hora, de choque, e acabei afastando você, com um empurrão, e depois sussurrei no seu ouvido:

— Por favor, me esqueça.

Levantei cambaleante. Sim, para lhe dizer a verdade agora, depois de tudo que aconteceu desde então, eu não estava tão bêbado assim naquela noite. Foi só uma desculpa idiota, na minha tentativa de fingir que aquele momento constrangedor nunca existiu. Bo-ram e Kyu-ri me deram uma sacudida, e "All the Lovers" da Kylie começou a tocar nos alto-falantes.

— Que se foda. Vem, vamos sair daqui.

Eu fingi estar mais bêbado do que estava quando Eun-jung foi comigo, me segurando, até a saída da balada. Parecia que eu tinha ficado sóbrio num passe de mágica quando virei a cabeça na direção da entrada que dava para a boate, na direção onde a voz da Kylie continuava ressoando. O único sentimento que eu tinha por você na hora era de preocupação.

Você, Gyu-ho, que sentiu o gosto do meu sangue.

*

Kylie.

Verão de 2010, eu estava tirando a minha primeira dispensa do serviço militar obrigatório, e as únicas três coisas que boiavam no meu cérebro eram café gelado americano, Kylie Minogue e sexo. Um homem acenou para mim quando desci do ônibus expresso — K., o funcionário público que eu namorava fazia seis meses. Numa das mãos ele tinha um americano gelado tamanho *venti* do Starbucks, dose dupla, e eu virei aquele elixir da vida goela abaixo com tamanha rapidez que meus olhos se reviraram até a minha nuca. Amargo: meu gosto favorito no mundo. Aquele primeiro café em três meses fez meu coração bater que nem louco.

— *Hyung*, saiu música nova da Kylie Minogue, eu quero ouvir *agora*.

— Beleza. Vamos entrar em algum lugar.

Encontramos um hotel de beira de estrada. Enquanto eu tirava meu uniforme e tomava um banho, o *hyung* procurava pelo clipe de "All the Lovers" no computador do quarto, e eu saí quase pingando do banheiro para assistir à cena das centenas de pessoas tirando a roupa, formando uma torre e fazendo aquela torre se contorcer em ondas. Ficamos observando aquelas montanhas de gente pelada repetidamente, deitamos na cama, botamos *Aphrodite* para tocar e transamos. Eu estava um pouco fora de mim porque fazia um tempinho desde a última vez, então quando o *hyung* perguntou se podia botar sem camisinha, falei que sim. Por volta da quarta faixa, "Closer", ele gozou dentro de mim e eu fui para o banheiro primeiro, para me lavar.

Exageramos um pouco na força — eu estava sangrando. Então voltei para o exército depois de duas noites e três dias com ele. Duas semanas se passaram e eu tive febre e manchas vermelhas na pele. Depois de passar alguns dias na enfermaria, vagando entre a vida e a morte, me mandaram para o hospital militar.

A primeira coisa que o médico do exército disse para mim quando tirou os olhos do meu exame de sangue foi:

— Você é ativo ou passivo?

— Senhor? Não entendi a pergunta.

Pelo visto, aquele funcionário público de merda havia comido todos os homens à vista assim que entrei para o exército. Voltei à condição de civil tão rápido que a minha cabeça girava, e a primeira coisa que eu fiz para processar minha nova realidade foi aquilo que eu fazia melhor.

Dar um nome criativo para as coisas.

Batizei a coisa de Kylie, mas não era porque minha vida havia ido pelo ralo enquanto eu ouvia Kylie Minogue. Eu só gostava do nome. Se era para eu conviver com aquilo pelo resto da minha vida, pensei que valia a pena dar um nome bonitinho, aí acabou sendo Kylie mesmo.

Pois é. Melhor que Madonna, Ariana, Britney ou Beyoncé, só podia ser Kylie. Sem dúvida.

Desde então, nunca me arrependi do nome.

*

Até os idiotas que tinham bebido duzentas doses de tequila na noite anterior precisam aparecer no trabalho no dia seguinte. Lá estava eu, sentado atrás da mesinha dobrável, segurando a ânsia de vômito. "Look At Me, I'm Sandra Dee." O choramingo de Sandy era apático como sempre. A direção era uma bagunça e o elenco, tão irremediavelmente equivocado que a plateia estava praticamente vazia, apesar de todos os ingressos de cortesia que haviam sido entregues. O que eu quero dizer é que, veja bem, ninguém estava exatamente pedindo que reprisassem *Grease: nos tempos da brilhantina* pela bilionésima vez. (Embora isso venha de um sujeito que não se incomoda em ir ao mesmo restaurante e ao mesmo café em todos os encontros, contanto que fossem novos homens.) Minha única função naquele cemitério era segurar os bocejos e compensar as horas de sono com os minutos de cochilo que eu conseguisse, apesar da música terrivelmente alta. Mesmo naquela pocilga, eu ocupava o fundo mais fundo do poço. Não estava no elenco, na equipe de produção, nem de marketing, eu era apenas o resto do resto, sentado carrancudo perto da entrada do teatro, tentando vender programas de espetáculos que ninguém queria. No mês inteiro eu devo ter vendido apenas 400.000 wons em programas, nem metade do meu salário, o que queria dizer que eu seria demitido em breve. Que tortura era aquela, sentado ali numa noite de domingo, quando todas as pessoas normais estavam em casa, descansando? Sem mencionar nada (para ninguém) sobre as minhas corridas até o banheiro duas vezes só no primeiro ato da peça para vomitar. Sentia uma comichão no meu corpo todo para jogar os programas no lixo e voltar para a cama, mas, por acaso, tinha sido Jae-hee, minha melhor amiga da faculdade, quem havia me arranjado aquele emprego de meio período, e eu não podia decepcioná-la. O produtor era um *oppa* conhecido dela — acho que deviam ter dormido juntos fazia uns anos. Em todo caso, o segundo ato estava prestes a começar, e por que aquele sujeito estava ali, vadiando no saguão? Mexi a minha bunda, por mais que fosse pesada como um planeta, para o lugar onde ele estava sentado.

— Senhor, o intervalo está...

O homem olhou para cima, para mim. Ei, espera um minuto, eu conheço esse sujeito. O barman de ontem?

— Ei, você é o cara da boate de ontem à noite, não é?

— Acho que sim.

— Nossa, que coincidência! Você veio aqui ver o espetáculo?

— Não. Vim ver você.

Droga. Qual é a desse sujeito? Será que ele gosta de mim? era o que eu podia ter pensado, mas se tem uma coisa em que eu sou excelente é saber qual é o meu lugar de merda neste mundo.

— Bem... se não entrar agora, não vão deixar você entrar durante os próximos quinze minutos.

Ele repetiu que o único motivo de ele ter aparecido era para me ver. (Por quê? Para me processar?)

— Como foi que você sequer ficou sabendo que eu estaria aqui?

Ele viu a foto de um dos ingressos para *Grease* que dei para Ji-yeon no Instagram dele.

#musical #grease #entradaVIP #bonsAssentos #presente-DoYoung

Claro. Mais um dos 30 mil seguidores do Ji-yeon. Já aconteceu de vir uns estranhos chegando em mim de tempos em tempos puxando conversa. Não porque tivessem interesse em mim, mas porque queriam conversar com o "Amigo nº 3" de Ji-yeon, o influencer gay de carinha bonita, corpo sarado e pau grande. Você, barman, deve estar tentando chegar nele por mim. Eu não era um completo idiota nesse sentido. Mas, já que estávamos falando nisso, eu provavelmente deveria comentar com você que eu não era nada além de um parasita que se alimentava da fama dele e ficava à espera das sobras. Eu servia de pano de fundo para meus amigos lindíssimos, a figura da mãezona cuidando dos jovens alcoolizados no fim de noite, quando ninguém conseguia mais nem chamar um táxi. Não me incomodava tanto esse papel, mas naquele dia eu estava meio cansado. Não estava em condições de cuidar de ninguém, não.

— Ai, que pena. Vai demorar umas horas até o fim do segundo ato e eu terminar a limpeza depois. Não sei se hoje é uma boa ideia.

—Não faz mal. Vou ficar no meu celular ali naquele Starbucks. Pode demorar o quanto precisar.

Ele saiu do teatro antes que eu pudesse responder. Voltei ao meu assento e fiquei mexendo na organização dos folhetos com os programas que não vendi e limpei a mesa já impecável de novo e de novo com um paninho úmido. Mas tinha algo de estranho ali. Por que eu estava sorrindo? Idiota.

O espetáculo terminou, a plateia foi embora, e eu levei os recortes de papelão dos personagens na área de fotos de volta para os fundos, depois apaguei a luz. Passava das dez, com certeza ele não estaria me esperando ainda, não é? Bobagem minha, em todo caso, mas pensei: *Por que não ir lá ver?*, e dei um pulo no Starbucks só por desencargo de consciência.

Você estava sentado de pernas cruzadas num sofá, seus olhos, por trás dos óculos de armação de tartaruga, fitavam o celular enquanto você jogava algum joguinho. A expressão sincera que havia no seu rosto sob a luz baixa da boate tinha desaparecido — de quem era aquela expressão idiota? Era o próprio pinguim Pororo, do desenho, cuspido e escarrado. Você olhou para cima e quase deu um pulo do sofá ao se levantar e tirar os óculos, com o rosto voltando a como era antes. Não pude segurar o riso que saiu de mim, e eu ainda estava dando risada quando me sentei de frente para você.

— Pare de rir, por favor.

— Desculpa. Mas, sério, por que você está aqui?

— Você pediu para eu te esquecer e aí te esquecer ficou ainda mais difícil.

— Ai... Olha só, peço desculpas pela outra noite. Eu te pago um café. O que você quer?

— Já tomei. Aqui, para você.

O que ele me entregou foi — minha nossa! — minha capinha de celular branca da Louis Vuitton. O presente mais caro que o Funcionário Público de Merda me deu, e eu ainda me lembrava da sensação de quando a ganhei, vendo o mundo inteiro se transformar em flashes de luz neon (uma lembrança totalmente estilhaçada àquela altura, mas, ainda assim, minha única posse de marca de luxo), e eu a deixei cair?

— Você estava dançando com tanta empolgação que nem percebeu que deixou cair a capinha do celular. Eu peguei para você.

— ... Por favor, esqueça a pessoa que eu era ontem.

— Por quê? Você estava dançando muito bem. Especialmente a "Number Nine".

Pau no meu cu. Eu já estava falando duas oitavas abaixo do normal numa tentativa de soar mais másculo, mas não deu muito certo. Enquanto a minha cara foi ficando vermelha de vergonha, o funcionário de meio período do Starbucks se aproximou de onde estávamos sentados e disse que estavam prestes a fechar, meio que enxotando a gente. Caminhamos sem dizer uma palavra pelos becos de Daehak-ro até eu avistar a placa de uma cervejaria e deixar escapar, antes que pudesse me conter:

— Quer uma cerveja?

Não foi um gesto inteligente da minha parte, já que eu era bastante resistente à maioria das bebidas, exceto cerveja, mas a minha vida inteira era feita de uma série de gestos não muito inteligentes. Fico estupidamente sincero quando bebo, para não falar de como viro um completo cachorro, e é claro que, naquela noite, eu começaria a tagarelar sobre coisas que ninguém tinha me perguntado. O pior foi o catálogo de fracassos da minha vida amorosa que, eu tinha certeza, era uma autocomiseração muito atraente.

— Sabe de uma coisa? Já tive a experiência do amor verdadeiro uma vez. Conheci um tiozão, doze anos mais velho, um militante, que fazia eu me sentir mal por usar roupas dos Estados Unidos. Mas eu fui o otário que o amou, que comprava presentes para ele, cozinhava para ele, que corria para a casa dele para que me encontrasse esperando por ele, como se fosse um cachorrinho. Mas ele me largou. Me deu um gelo. Mas não me arrependo de nada. Porque foi amor verdadeiro. Em todo caso, desde então prometi para mim mesmo que só sairia com caras legais. Meu namorado seguinte era mediano em tudo... rosto, corpo, pinto e tudo mais... mas ele era legal e foi por isso que fiquei com ele. Sabe por que ele me largou? Pelo visto, parece que canto demais na rua. Como se eu estivesse dando um show ou algo assim? Olha só, não se pode mais cantar na rua se quiser? Vivemos num país livre...

O destaque mais patético da noite foi quando ele me acompanhou até em casa, apesar de eu morar a meros dez minutos da cervejaria.

— Quer entrar?

Eu o vi hesitar e de repente recobrei o juízo. *Acorda, porra*, pensei. *Ele não está tão a fim de você assim. Não faça isso com alguém que só está sendo simpático.* Eu ignorei que ele ficou só olhando de um lado para outro sem dizer nada, depois acrescentei:

— Onde você mora?

— Incheon.

Ele veio lá de Incheon para cá? Por uma capinha de celular? Só para ser simpático? Isso exigia uma investigação mais aprofundada.

— Ainda tem trem a essa hora? Você pode ficar até o horário do primeiro de manhã.

— Posso pegar um táxi.

— Você é rico?

— Não.

— Então, eu te gero tanta repulsa que você prefere pegar um táxi só para fugir de mim?

(*O quão baixo eu estava disposto a ser naquela noite?*)

— Não é isso...

— Então o que é? Tem medo de que eu te mate? Que eu te coma vivo?

(*Ai, meu Deus, cala a boca, por favor.*)

— Eu tenho uma regra.
— Qual?
— De não... dormir com ninguém até o terceiro encontro.

Eu soltei uma gargalhada. Quantos anos tinha aquela gay filha da mãe? Vinte? Será que ele tinha assistido a mais episódios do que deveria de *Sex and the City*? Será que ele pensava que era a Charlotte ou coisa assim? Fiquei com a impressão de que ele não estava mesmo lá tão interessado em mim, porém, por mais que eu não quisesse passar mais vergonha ainda do que já havia passado até aquele momento, não consegui evitar de pegar na mão dele. Disse mais uma coisa que deixou as minhas intenções transparentes e óbvias:

— Eu falei alguma coisa sobre dormirmos juntos? Só quis dizer que você pode ficar sentado aqui um tempo e ir embora quando o sol nascer.

Ele assentiu. A bagunça completa em que eu vivia foi exposta assim que abri a porta da frente, e isso deveria ter tido o efeito de me deixar sóbrio na hora. Só que não foi o caso, eu ainda estava bêbado, por isso atirei o casaco e arriei as calças, mas por que meus jeans estavam tão apertados? Será que eu tinha engordado? Acabei deitado na cama com os jeans na altura dos joelhos...

Estava amanhecendo quando recobrei a consciência. Como sempre, a vizinhança, que ficava perto de uma universidade, começava suas manhãs com o clamor do canteiro de obras das novas quitinetes em construção. *Pensa só em todas as pessoas que vão vir morar nesses lugares.* Franzi a testa e abri os olhos. Estava deitado na cama só de cueca e meia, sozinho. Quando me apoiei sobre o cotovelo, eu o vi deitado no chão, completamente vestido. Eu me levantei e fui me sentar do lado dele. Assim que vi o seu perfil belo e bem-cuidado, o mundo inteiro se calou. Como se fôssemos as únicas pessoas que restavam nele. Eu queria levantar a mão e tocar a sua testa, nariz e lábios, mas tinha medo de acordá-lo. Em vez disso, levei meu dedo indicador cuidadosamente até embaixo do seu nariz e senti sua respiração fraca. Seu pescoço estava sanfonado, com cinco dobrinhas, por usar o meu grande Pororo de pelúcia como travesseiro, e ele tinha colocado o relógio de pulso e a carteira bem arrumadinhos no chão ao seu lado. Olhei de perto o seu relógio: estava gravado "Serviço Nacional de Inteligência" bem na frente. Mas hein? Curioso, abri a sua carteira. Três notas de mil wons, um cartão de débito do Shihan Bank Patriots, identidade estudantil da Escola de Enfermagem You Sulhee, filial de Juan, e uma carteira de motorista categoria D. Min Gyu-ho, nascido em 1989. Ele começou a se mexer e eu logo larguei a carteira.

Ele abriu os olhos, conferiu o horário e começou a colocar seu casaco, às pressas. Nem bebeu a água que lhe ofereci enquanto ele enfiava os pés nos sapatos. Estava atrasado para a aula, disse. Foi só depois, quando ele já havia fechado a porta atrás de si, que percebi que nem havíamos chegado a trocar números de telefone. Gyu-ho. Que usava um relógio do Serviço Nacional de Inteligência, trabalhava num bar gay e estudava para virar auxiliar de enfermagem.

Fiquei me perguntando qual era a dele.

*

Terça — o começo da minha semana.

Eu havia voltado à universidade depois de me demitir do meu primeiro emprego. No geral, eu acordava tarde e tinha por hábito ficar sentado na biblioteca, fingindo estar me preparando para voltar ao mercado de trabalho, enquanto na verdade apenas matava o tempo. Sob o raio de luz que entrava da janela ao meu lado, eu lia romances, abria o notebook e digitava mais algumas páginas da merda que eu estava escrevendo, ou rabiscava pensamentos sem sentido nas páginas do caderno que estava tão em branco quanto o meu cérebro.

Vinte e nove anos de idade, Escola de Enfermagem You Sulhee, auxiliar de enfermagem, barman, Min Gyu-ho.

Desviei o olhar daquele meu encadeamento sem sentido de palavras, observando a luz que entrava pela janela. A sonolência me levou a fechar os olhos por um tempo e, quando eu acordei, já eram cinco da tarde. Fui arrastando meu corpo, mais pesado do que se estivesse coberto por panos molhados, até o teatro em Daehak-ro. Acendi as luzes no corredor e montei os recortes de papelão em tamanho real dos atores ao lado da bilheteria. Dentro de trinta minutos, eu estaria gritando "Programas à venda!" a plenos pulmões. Por mais que soubesse que ninguém queria.

Eu me mudei para uma quitinete com a desculpa de me concentrar em procurar um emprego (não aguentava mais morar com minha mãe). Pegava empregos de meio período, porque precisava pagar o aluguel e me alimentar. E, depois que tive um gostinho do que significava estar no mundo real, imediatamente perdi qualquer apetite por construir ou conquistar qualquer coisa que fosse. *Não tem propósito — é só a mesma coisa em outro lugar*, pensei. *Frustração e raiva, esperança carregada de desespero, os dias pingando em cima de você, que nem suor. Com o amor é a mesma coisa. Já passei muito do ponto de esperar qualquer novidade. Procurar emprego, escrever, homens — é tudo a mesma chatice. Mas é estranho como eu não paro de querer escrever o seu nome. Você, Gyu-ho, que deveria ser apenas mais um rosto em meio aos muitos que povoam esses dias tediosos.*

*

Jae-hee me ligou enquanto eu estava a caminho de casa, voltando do espetáculo da noite de sábado. O homem dela estava numa viagem de trabalho para o Kuwait e ela ficou livre pela primeira vez em muito tempo. Queria sair para beber. Eu não estava tão a fim, mas ela disse que seria um agradinho para ela, por isso peguei o ônibus até Hongdae, apenas com o meu cartão de transporte na carteira. Jae-hee havia reunido um bando de gente que, no geral, não se conhecia, que tinha saído do mundo estudantil e agora estava no mundo real, e lá vieram os jogos de bebedeira enfadonhos que as pessoas do mundo real jogam quando estão com estranhos, sem falar em toda aquela merda maçante sobre a vida deles, pela qual eu tinha zero interesse, seus salários anuais e suas histórias de namoro heterossexual. Uma besteirada de quem foi que pegou na mão de quem, ou quem beijou quem ou quem saiu e foi transar um mês depois. E qual era a de beberem saquê Chungha em vez de *soju*? Aquela bebida fraca não conseguiu nem me deixar bêbado.

— Aí, em todo caso, quando o *oppa* estava estacionado na **Divisão Zaytun**, no Iraque, chegaram esses cuzões do exército **americano...**

Algum idiota que frequentou a Universidade da Coreia estava fazendo um alvoroço ao falar do seu serviço militar, sem que literalmente ninguém tivesse perguntado. Eu só continuei virando um copo de Chungha atrás do outro, sem falar nada.

— Ei, você, jovem que não para de beber, ainda está na faculdade?

— Não, já me formei.

— Então deve ter sido dispensado do exército. De onde você é?

Fiquei de boca fechada. Jae-hee captou a deixa e tentou mudar de assunto.

— Olha, *oppa*, ninguém aqui é tão chato assim para ficar falando do tempo em que serviu no exército depois que já passou dos trinta.

Se desse para classificar o tédio, então o daquela noite era de escala mundial. Enquanto os outros não paravam de tagarelar, eu continuava virando as bebidas, rasgando os pedaços secos de escamudo à minha frente até virarem pó. Pensei: *Que droga, estou com um tédio do caralho. Isso não é a minha praia mesmo.* Aquela sensação de alienação que eu estava absorvendo todos os dias, a cada segundo da minha vida... *Ei, o que será que as T-aras andam aprontando?* Conferi o grupo de mensagens para ver se alguém tinha feito alguma gracinha, mas não tinha nenhuma novidade. Provavelmente cada um deles havia arranjado algum carinha para transar ou estavam em casa, dormindo a semana toda. Eu disse que ia ao banheiro e mandei mensagem para Jae-hee de lá de fora.

Desculpa, Jae-hee. Estou indo embora. Está chato demais para eu conseguir ficar.

Pois é, esse cuzão fala demais kkkkk todo mundo odeia ele haha

Beleza, então você embebeda esse oppa *da Universidade da Coreia e bota ele pra pagar pra todo mundo*

Boa haha

Fiquei com um sorriso no rosto ali fora, perto do meio-fio. Quatro e vinte da manhã. Mas sabe de uma coisa? Eu queria ir para algum lugar, não para casa. Só havia um lugar em que eu conseguia pensar: Itaewon.

Como se por obra do destino, um táxi laranja parou na minha frente. Entrei e gritei:

— Ei, amigo, corpo de bombeiros de Itaewon.

Será que a luz dos postes e letreiros neon sempre foi assim, um espetáculo de tão brilhante? Por que Seul havia ficado tão bonita assim, de repente? Todas as coisas que não eram nada de mais antes pareciam, de algum modo, especiais e deslumbrantes. E, olha só, a corrida passou dos 10.000 wons, embora já tivesse terminado a bandeira dois. Com apenas 20.000 wons sobrando no cartão, como eu ia fazer para voltar para casa depois? Ah, que se dane. Eu daria um jeito. O trânsito começou a ficar bem ruim em Hannam-dong. Desci na frente do prédio CJ e fui correndo o restante do caminho até a boate G. Enquanto estava parado ali, recuperando o fôlego, ele apareceu na entrada, carregando um saco de lixo gigantesco, quase do tamanho dele, que estava quase explodindo de tão cheio. Ele nem me viu enquanto gemia de fazer força, indo até onde ficavam as lixeiras. Eu o segui. Assim que ele soltou o saco de lixo, eu o abracei por trás. Essa parte eu não tinha planejado.

— Ah!

— Por que está tão surpreso?

— Ah *ssi, gaejjolahn.*

— Está falando fofo comigo?

— Meu dialeto vem à tona quando me pegam de surpresa.

— Incheon tem um dialeto próprio?

— Não sou de Incheon.

— De onde, então?

— Da ilha Jeju. Faz só um ano desde que cheguei em terra firme.

Uahahaha. "Cheguei em terra firme?" Foi grosseria da minha parte, mas eu soltei uma gargalhada. No rosto dele estava estampado: *O que foi que eu disse?* Olha só para essa expressão, todo desconcertado. Fofo.

— Você está aqui com os amigos?

— Nada. Vim sozinho. Ver você.

— Meu Deus.

— Não precisa ser tão dramático. Eu estava bebendo em Hongdae, mas bem que podia tomar mais um drinque ou três. O sol não parava de tentar nascer, eu não parava de pensar em bebida e não parava de querer vir pra cá. Vocês fazem umas bebidas bem fortes aqui, né?

Ele abriu um sorrisão e me abraçou, me envolvendo pelos ombros. Eu fiquei um pouco surpreso por esse contato corporal tão súbito, mas não deixei transparecer. Dava para sentir seu hálito perto da minha orelha esquerda. Fomos assim juntos até a entrada da boate, por onde o segurança nos deixou entrar sem fazer drama algum, e ele me levou diretamente ao bar menor. Depois, sacou um copo de shots duplos e o encheu com uma bebida de uma cor que eu nunca tinha visto antes. Virei o negócio todo de uma vez: *Cacete, tem gosto de pêssego, não é álcool, é suco de fruta*. Ele serviu mais um copo. Eu tinha pedido bebida alcoólica, não suquinho. Mas, em todo caso, bati o copo de volta no balcão.

Foi esquisita a vontade imediata que me deu de dançar naquela hora... As luzes estavam saltando da testa do seu rosto sorridente, e era estranho o quanto aquilo era a cara de Seul para mim. Linda Seul, música alta. Olhos escuros, o cabelo aparadinho. Eu queria dançar com você e passar o braço por trás da sua cintura e pressioná-lo contra o meu corpo. Queria que estivéssemos próximos o bastante para sentir o calor um do outro. Mas por que meus olhos não ficavam abertos? Estava quente e fumacento demais lá dentro. Meus olhos estavam ficando secos. Queria que aumentassem o volume da música. Queria que ligassem a máquina de gelo seco. Tudo para evitar que meus olhos se fechassem...

Quando acordei, as luzes fluorescentes estavam acesas e todos os frequentadores já tinham desaparecido. Alguns dos funcionários de meio período ainda estavam por ali, limpando o chão incrivelmente sujo. Seria possível que aquele lugar fosse mesmo tão pequeno assim? A boate com suas luzes acesas parecia tão diferente de como era de noite, toda esfarrapada e fuleira. E a coisa mais esfarrapada e fuleira nela, claro, era eu, sentado num sofá do canto. E lá estava Gyu-ho, sentado do meu lado.

— Senhor, estamos fechando.

Fiz uma reverência, pedindo desculpas, diante do seu rosto sorridente e comecei a botar o casaco, que já havia sido depositado sobre as minhas mãos. Rapidamente descendo as escadas, comecei a sentir náusea. Deus do céu, quanto foi que eu bebi? Já era dia lá fora quando saí, me escorando na parede com uma das mãos. Um funcionário de meio período de uma Paris Baguette estava varrendo a rua em frente à fachada da loja, enquanto eu me sentava nos degraus da entrada da boate. O ar saía da minha boca em baforadas. Pelo menos eu não havia pegado no sono na rua — estava tão frio que eu teria morrido de hipotermia. Dali ao ponto de ônibus era uma caminhada e tanto. Eu não tinha forças para chegar até lá. Molhei meus lábios ressecados e esfreguei meus olhos até tirar todo o sono deles, enquanto os retardatários saíam da boate e se espalhavam alvorada afora. E ali estava Gyu-ho diante de mim outra vez, perguntando por que eu não estava indo para casa.

— Hã, desculpa, mas não tenho dinheiro para o táxi.

E aí lá estávamos nós, dividindo um táxi de volta para casa juntos. Gyu-ho falou para o motorista nos levar não para Incheon, mas para o distrito de Daehak-ro. O rádio tocava a balada "Morning Dew", da Yang Hee-eun. Gyu-ho perguntou por cima da música suave:

— Sabia que esta já é a terceira vez que a gente se encontra?

— Você estava contando?

— Não acho que precise contar para saber disso.

— Bem, eu estava contando. Até o nosso terceiro encontro.

As palavras desapareceram. Engoli seco, tão alto que dava até para ouvir, e nossos joelhos estavam roçando um no outro. Cobri nossas pernas com o meu casaco. Estávamos de mãos dadas embaixo dele. Logo, estávamos acariciando as coxas um do outro. Cada um olhando na direção oposta. Passamos pelo Ambassador Hotel, pelo riacho Cheonggye e pelo Espaço para Casamentos Ewha, depois pelos pequenos teatros de Daehak-ro, enquanto nos aproximávamos pouco a pouco da minha casa. Trocando um calor forte e excitante entre as nossas mãos dadas.

*

Conseguimos manter a regra dos três encontros até entrarmos em casa. Não que tenha dado muito certo.
Gyu-ho sussurrou, em coreano informal:
— Posso tirar?
E eu fiz que não com a cabeça. Ele ficou tímido.
— Desculpa. Às vezes eu brocho usando.
— (*Uma desculpa bem comum para quem tem disfunção erétil.*) Tudo bem. Você quer que eu faça?
— Bem... não sou muito bom nisso.

*

Quando abri os olhos, vi Gyu-ho parado em pé na cozinha. A panela de arroz que eu não tirava do armário fazia um ano e meio estava em uso, e o meu molho de soja estava à mostra em cima do balcão, junto com todo tipo de temperos que eu nem sabia que tinha. Alguma coisa cozinhava no fogão. Olhando a minha quitinete no meio daquela leve neblina de vapor, fiquei com a impressão de estar sonhando. Gyu-ho, vendo que eu estava acordado, me disse que faria o café da manhã, para retribuir a minha hospitalidade. Tirei uma mesinha baixa e dobrável que ficava guardada debaixo da cama e limpei a poeira com um paninho úmido. Não importava o quanto eu limpasse, ainda tinha poeira — assim como tudo na minha vida. Enquanto isso, Gyu-ho foi colocando na mesa uma sopa de *udon* e um *banchan* que eu nunca havia visto antes. Quando perguntei de onde aquelas guarnições tinham saído, ele disse que tinha ido comprar num supermercado ali perto. De repente reparei que havia uma sacolinha de lixo pendurada na pia e um tapetinho de banho que eu nunca tinha visto antes na frente do banheiro. Aquele homem era um sobrevivente nato! Nem sementes de dente-de-leão conseguiam criar raízes assim tão rápido. Tomei a sopa que ele fez para mim em silêncio. Tinha gosto de tempero artificial. Gyu-ho disse:

— Você deve ter acabado de se mudar para cá, né? Nem teve tempo de botar cortinas.

— Eu me mudei faz uns dois anos. Comprei umas cortinas junto com um monte de lençóis, mas estão guardados em algum canto por aí. Simplesmente não me dei o trabalho de pendurá-las.

— Como é possível alguém viver desse…? Nossa.

— Posso perguntar uma coisa para você também?

— Claro.

— Se a sua cidade natal é em Jeju e você trabalha em Itaewon, então por que você mora em Incheon?

Ele disse que era por causa de seu irmão mais velho. Apenas um ano mais velho que Gyu-ho, seu irmão, após quatro anos de tentativas, havia conseguido entrar em uma faculdade de Medicina que, por acaso, ficava em Incheon. Quando ele estava terminando seu cursinho preparatório, a mãe deles chegou em Incheon, viu como as condições em que ele estava vivendo eram terríveis e mandou Gyu-ho para ajudá-lo. Gyu-ho começou a preparar as refeições do irmão, faxinar o seu apartamento e lhe fazer companhia (?). Fiquei positivamente surpreso com o quanto soava anacrônica aquela narrativa, estilo anos 1980, de dois jecas esforçados que chegavam em Seul para estudar, mas Gyu-ho parecia ter uma outra interpretação daquilo.

— Eu era encrenqueiro desde cedo. Saí da escola no ensino médio, larguei até a escola técnica em que fui aprovado raspando. Eu me sentia mal pela *omma*, não havia nada para fazer na ilha, e, já que sou gay, quis tentar morar em Seul. Não que Incheon seja Seul, mas você entende o que quero dizer. E aí vim para cá.

— Não é difícil morar com seu irmão?

— É difícil. Muito difícil.

Esse irmão mimado dele parecia ser uma peça rara. Dizendo que odiava o cozido de costela que Gyu-ho havia feito para ele, ele comia apenas a carne das costelas e os ossos ele dava descarga na privada, que até hoje estava entupida. Quando estava em casa, só o que ele fazia era ficar de fones de ouvido e xingar alto enquanto jogava videogames. Quando Gyu-ho disse que eles mal haviam trocado dez palavras naqueles seis meses juntos, passou pelo seu rosto uma sombra de animosidade que eu nunca tinha visto nele antes. Sendo a criaturinha delicada, embora perspicaz, que sou, mudei de assunto e perguntei a Guy-ho o que ele fazia durante a semana, ao que ele me respondeu com tranquilidade que frequentava a Escola de Enfermagem.

— Tem subsídio do governo e eles até pagam uma ajuda de custo para a gente. Estou quase acabando a parte clínica. Ei, você conhece essa música? *Vamos juntos a You Sulhee, Escola de Enfermagem You Sulhee...*

Essa "música", pelo visto, era o jingle daquela *hagwon* de enfermagem. Eu dei risada e disse que nunca tinha ouvido falar; Guy-ho fez uma cara de decepcionado e disse que todo mundo em Incheon conhecia.

— Meus pais disseram que, quando meu irmão montar uma clínica, vou poder arranjar um emprego lá ajudando. Basicamente, estão me pedindo para ser o criado dele pelo resto da minha vida.

Isso ele disse sem qualquer expressão no rosto. Que homem era aquele? Plácido como um rio. Era totalmente transparente para mim. E como ele sabia que histórias complicadas de família eram meu ponto fraco? Era um golpe que eu não tinha conseguido prever. Naquele meu tempo não tão breve vivendo como gay, Gyu-ho foi a primeira pessoa que conheci que não fazia charme e estava disposto a se revelar até a medula. Ele tinha o olhar de alguém teimoso que nem o inferno, mas que conseguia fazer tudo que mandassem. Ele me dava a impressão de ser uma pessoa incomum nesse sentido. Ao encará-lo assim, sem dizer nada, ele olhou de volta para mim e disse com um tom de voz um tanto pesaroso:

— Sério, todo mundo em Incheon conhece. You Sulhee.

Terminei o caldo de *udon* até raspar a tigela e disse:

— Você está livre hoje?

— Por quê?

— Posso arranjar uma entrada de graça para você no musical.

— Nossa, sério? Você consegue fazer isso? Nunca vi um musical.

O fato de que o primeiro musical da vida dele seria uma produção do que diziam ser o pior elenco de *Grease* da história do universo... Eu me senti meio mal por ele, mas o que eu poderia fazer? O destino é assim.

— Vou arranjar o melhor lugar da casa para você. Mas tenho uma condição.

— Qual?

— Tenho um amigo íntimo chamado Ji-yeon. Sabe, o sujeito que me acertou a cotovelada?

— Sei quem ele é. O musculoso e bronzeado. Famoso.

— Isso. Ele é meio babaca, mas tem um dom para umas revelações ocasionais, se é que você me entende. Ele me disse uma coisa uma vez. Que quando duas pessoas são de idades diferentes, mas conversam entre si em coreano informal, é porque já transaram. Então vamos conversar em coreano informal.

— Quantos anos você tem?

— Nasci em 88, e você em 89. Pode me chamar de *hyung*.

— Ei, como é que você sabe quando eu nasci? Mas eu nasci no começo de 89. Todos os meus colegas de escola são de 88.

— Aqui é o mundo real. Quem liga se você é do começo de 89? É assim que são as coisas aqui fora. Além do mais, você disse que largou a escola.

Ele não disse nada.

— Desculpa. Preciso cuidar da minha língua. Mas vamos conversar informalmente.

O biquinho que ele fez com seus lábios finos me gerou uma vontade de provocá-lo com tudo que eu tinha no meu arsenal, junto com uma vontade conflitante de lhe dar tudo que eu tinha no meu coração, no meu mundo todo.

Caminhávamos lado a lado rumo ao teatro, onde convenci o encarregado dos ingressos a ceder um lugar para Gyu-ho. Entramos sozinhos no teatro, e eu me sentei atrás do vidro do lado da bilheteria, como sempre, encarando o grande monitor que mostrava a performance ao vivo no palco. Danny, com seus jeans apertadinhos, subiu no carro e gritou:

— *Greased lightning!*

O carrinho em cima do palco estaria jogando a luz dos seus faróis bem na cara de Gyu-ho. Era estranho que aquele pequeno fato tenha me feito achar a cantoria indescritivelmente ruim de Danny um pouco melhor naquele dia. E lá estava eu atrás do vidro, cantarolando: "Vamos juntos a You Sulhee, Escola de Enfermagem You Sulhee." Eu estava completamente lascado.

*

Gyu-ho entrou na minha casa com tudo numa bela tarde de sábado e tirou sua furadeira Bosch da mochila gigantesca. Disse que tinha ficado determinado a comprá-la com as gorjetas coletadas dos turistas chineses que visitavam Seul durante os feriados, não que eu entendesse por que alguém ficaria determinado a comprar uma furadeira. Gyu-ho tirou os varões e as cortinas que eu havia escondido no canto do meu armário. Depois subiu em uma cadeira e começou a montá-los, enquanto eu a segurava com firmeza e olhava para cima, para ele.

— Qual é a dessa sua obsessão com as cortinas?

— Você sempre faz careta quando dorme. É meio feio.

Abri um sorrisinho. Gyu-ho ficou todo suado instalando os varões e pendurando as cortinas.

— Acabei — disse ele descendo da cadeira, e eu limpei o suor da sua testa quente. As cortinas, amarrotadas de passarem tanto tempo enfiadas no cantinho, de fato bloqueavam até mesmo o menor raio de luz. Como se Gyu-ho e eu estivéssemos inteiramente sozinhos neste mundo. Ele deixou a furadeira ao lado da mesa e disse que precisava ir trabalhar.

— Cedo assim?

— Pois é. Vou jantar com todos os outros *hyungs*.

— Não vai levar a furadeira?

— É pesada. E não tenho exatamente outro lugar onde usar.

— (*Meu Deus, então por que comprou?*) Sente-se um pouco, pelo menos.

Ele já estava atrasado, disse, e não parou nem para tomar um copo d'água enquanto saía voando pela porta. Fiquei encarando a porta fechada. Ele veio até aqui só para pendurar as cortinas? De lá de Incheon?

Como assim? Que comovente.

Naquela noite, acordei com uma batida urgente à porta. Escuridão completa. Que caralho, quem pode ser a essa hora da noite? Peguei o celular: três ligações perdidas, e eram 7:30 da manhã. Meu Deus, como pode estar tão escuro assim de manhã? Ouvi mais uma série de batidas à porta e fui cambaleando atender, só de cueca. E lá estava Gyu-ho parado com uma caixa de *macarons* na mão.

— Coma um docinho, vai fazer você se sentir melhor.

— O quê? Você está bêbado?

— Não. A gente teve o nosso jantar de trabalho, mas não bebi.

Ele foi entrando no meu apartamento, sem ser convidado, esfregando-se contra mim, e botou um *macaron* azul-celeste na minha boca. Eu o mastiguei. Era doce, açucarado demais para mim, e eu nem gostava de doce, o que fez a minha cara, já amassada de tanto dormir, ficar ainda mais amassada.

Gyu-ho passou o dedo com suavidade nas rugas da minha testa franzida. Dava para sentir a doçura em suas mãos geladas. Ele disse:

— Quer sair?

— Está maluco? Preciso dormir mais.

— Você já dormiu o suficiente.

— Como é que você sabe?

— Estou ligando para você desde meia-noite.

— (*As ligações perdidas*.) E se eu não quisesse atender?

— Fica caladinho, por favor, e vamos logo.

Os olhos e palavras suplicantes de Gyu-ho estavam praticamente me empurrando para fora da porta. E eu sei que pareço um burro empacado, mas na verdade sou bem maleável, o seu típico coreano padrão com a formação obrigatória completa e tudo o mais. Respirei fundo, botei uma jaqueta *puffer* por cima do moletom que eu costumo usar de pijama e me permiti ser arrastado para fora pela mão dele, murmurando o tempo inteiro.

Não havia tanta gente lá fora tão cedo assim num dia de fim de semana, e nós ficamos de papo-furado no caminho:

— Aonde você quer ir?

— Sei lá também. Contanto que não seja um lugar quente.

— É inverno. Não tem um lugar quente na península inteira.

— Quero ver mais de Seul.

— Você já está vendo.

Então, de repente, pensei num lugar. Deslizando as minhas mãos para dentro do capuz da jaqueta *puffer* de Gyu-ho, eu o empurrei como se fosse um carrinho de mão morro acima.

O cheiro de cigarro emanava do seu cabelo. Em dez minutos, estávamos no Parque Naksan. A testa larga de Gyu-ho estava orvalhada de suor. Eu o provoquei dizendo que ele era jovem demais para ficar ofegante só de subir aquela ladeirinha (mesmo que a gente tivesse só um ano de diferença), e aí lembrei que ele tinha ido para ali após uma noite inteira trabalhando, o que me deixou com dó dele. Não que eu fosse deixar aquilo transparecer. Gyu-ho se recostou no muro da velha fortaleza de pedra.

— Fico me perguntando quantos anos tem essa pedra cinza.
— Vai saber, né?

Sem dizer nada, ficamos os dois ali, recostados na muralha antiga. Espiei o sol que nascia no horizonte, e me dei conta de que a primeiríssima luz da manhã encontrava o momento mais escuro da noite. Gyu-ho encarava Seul enquanto se pronunciava, sem virar na minha direção de forma alguma:

— Era meu sonho vir para terra firme, vir para Seul, desde pequeno. Queria chegar ao lugar mais alto que eu conseguisse.
— Tem o monte Halla lá mesmo, em Jeju.
— Sabe de uma coisa...
— Sim?
— Você quer... sair?
— Acabamos de sair, estamos na rua.
— Não me faça perguntar duas vezes. Você **sabe exatamente** o que eu quero dizer.

Eu sei. Eu sei, e é exatamente o que eu queria ouvir, e eu quero, sim... As palavras subiram até a minha garganta... *mas tem uma situação que não me deixa ficar com você. Que não importa o quanto eu queira, tem algo que eu preciso lhe contar primeiro. Algo que eu deveria ter contado desde o começo.*

Eu não sabia se eu conseguiria dizê-lo, mas decidi seguir a minha intuição.

— Gyu-ho, antes de a gente começar a namorar, tem duas coisas que você precisa saber. A primeira é que eu não gosto de coisas doces. Não precisa comprar docinhos para mim, tipo *macarons*. Prefiro esses presentes em dinheiro.

— Idiota.

— E tem mais uma coisa. Porque, o negócio é que... O negócio é que...

*

Eu tenho a Kylie.

Por mais que eu tenha fama de surtar muito por pouca coisa e agir do jeito exatamente oposto com coisas maiores, os primeiros dois meses após o baque da Kylie me fizeram perder completamente a cabeça. Recebi dispensa médica do exército e ficava o dia inteiro deitado sozinho no meu quarto, me perguntando se minha vida agora era aquilo mesmo, se *aquilo* agora era meu. Mas, sabe, o que é que tem? Há remédio para isso. Decidi que ia fingir que o que eu estava tomando de manhã eram vitaminas, pelo resto da minha vida. Em termos de sexo, eu só precisava usar camisinha. O que são coisas que qualquer pessoa com educação ou bons modos já faz, em todo caso. E eu consegui cumprir o meu serviço militar obrigatório em seis meses, em vez dos dois anos da maioria das pessoas. Vamos considerar isso um golpe de sorte. Era assim que eu estava pensando. Falei para a minha mãe e para a gangue do T-ara que eu havia sido dispensado mais cedo por causa de uma hérnia de disco. Porque eu tinha de fato uma postura ruim e problemas na lombar. Aparentemente, nem todo mundo ali era um completo idiota, porque um deles chegou mesmo a me perguntar:

— Mas que merda é essa? Você foi carimbado?

— Ah, não! Você me pegou!

Demos risada. Quando eu bebia com eles, e alguém que tinha fama de ser soropositivo passava, o nosso palhaço de plantão, Eun-jung, dizia: "Todo mundo, cubram seus copos", e todos nós gargalhávamos. Eu dava risada junto até eu lembrar: *Ah, é, eu também tenho isso*, o que me gelava a espinha. Porém, no geral, eu acabava nem pensando tanto naquilo. Faz cinco anos que tenho a Kylie, ou seja, ela é quase da família para mim. Talvez até mais da família do que a minha família em si. Partilhamos dos mesmos vasos sanguíneos, dividimos nossa alimentação, respiramos o mesmo ar — ela sou eu, em outras palavras. Um outro eu. Ela será eu até o dia em que eu morrer, até mesmo depois de eu morrer. E ela só pode ser minha...

— Se quiser sair comigo, você precisa saber o seguinte. Que eu sou eu, mas também sou a Kylie. Você é a primeira pessoa para quem eu tive que contar isso. Mas não se sinta pressionado. Não que eu esteja em posição de dizer isso, já que estou nessa situação por ter confiado demais num homem, mas só estou lhe dizendo isso porque, por algum motivo estranho, confio em você. Se achar que isso é demais para você, tudo bem, é natural, tão natural quanto a própria natureza, não faz mal se quiser ir embora agora. Só peço que guarde segredo, por mim. Para que eu possa continuar vivendo minha vida como ela é agora. Lembre-se de mim só como um cara peludo que mora perto do Parque Naksan. Ou melhor, só se esqueça de mim. Esqueça que um dia existiu alguém que nem eu na sua vida e continue frequentando a sua Escola de Enfermagem You Sulhee durante a semana e servindo os drinques nos fins de semana.

Gyu-ho não disse nada por um tempão. Sério, nadinha, nem mexeu um único cílio enquanto encarava Seul. E eu fiz uma breve pausa para pensar no que dizer antes de me pronunciar de novo:

— Beleza, eu vou indo. Pode ir turistar um pouco e pensar a respeito, depois você me liga. Ou não, se quiser evitar o incômodo. Tudo bem.

Fingindo que estava tudo bem mesmo, fui acompanhando a antiga muralha de volta até a cidade. O caminho serpenteante, vertiginoso, que os meus pés estavam trilhando de forma ineficaz, causou nas minhas pernas a sensação estranha de que elas estavam prestes a desabar. E por que eu estava mordendo os lábios, com o queixo trêmulo? Aquela caminhada estava sendo muito mais longa do que eu achava que seria. Enquanto me concentrava apenas em colocar um pé na frente do outro, uma mão agarrou o meu ombro. E, quando virei a cabeça, Gyu-ho estava do meu lado, e seu rosto, que costumava ficar na altura do meu olhar, estava a um palmo acima do meu, já que ele estava numa parte mais elevada do caminho. De seus olhinhos pequenos caíam grandes lágrimas.

— Como é que você me diz uma coisa dessas como se não fosse nada?

— Não é nada mesmo. Se comparar com todas as outras coisas que a vida joga em cima da gente.

— Ainda assim... Por que você diz isso sorrindo? Isso me deixa triste.

— Eu é quem devia estar chorando.

Lá estava eu, encarando Gyu-ho, enquanto ele chorava. Ele ficava feio de verdade quando chorava. Feio, mas fofo. Fofo, mas digno de pena. Engraçado logo eu pensar que ele era o digno de pena. Gyu-ho foi engolindo os soluços ao falar:

— Eu gosto muito de gatos, sabe? Mas não posso adotar. Sou alérgico.

— Por que você está falando isso?

— Você parece um gato gordo e bravo. Vou chamar você de Gatucho Gorducho de agora em diante.

Assim como "Kylie", um apelidinho esquisito. Mas ainda assim eu gostava.

*

Após passar um bom tempo, numa noite em que estávamos os dois deitados juntos na cama, fiz uma pergunta para Gyu-ho. Por que ele decidiu sair comigo, apesar da Kylie?

— Porque, aconteça o que acontecer, você é você.

Porque, aconteça o que acontecer — não por causa disso, nem apesar disso —, eu era eu. Gostei tanto do que ele disse que eu não conseguia parar de saborear isso baixinho, na minha boca.

— Aconteça o que acontecer.

*

Quando anunciei que Gyu-ho e eu estávamos namorando, quem mais ficou transbordando de felicidade com a minha notícia foram as T-aras.

— Uau!
— Parabéns.
— Quer dizer que agora a gente entra de graça na boate?
— E vamos ganhar bebida de graça?
Dá para acreditar nessas vagabundas?

2.

Entre nós dois, o primeiro a arranjar um emprego de verdade foi Gyu-ho. Depois que concluiu o seu treinamento clínico, ele recebeu várias ofertas imediatas de emprego em franquias de cirurgia plástica e até mesmo numa clínica urológica especializada em aumento peniano, no bairro chique de Sinsa-dong. Uma façanha, considerando como estava difícil encontrar trabalho. Gyu-ho de fato tinha a reputação de ser trabalhador e resiliente, mas era meio burrinho em termos de planejar sua vida ou tomar decisões importantes. Seguindo o meu conselho, ele ficou com a vaga na clínica de aumento peniano. E, pelo visto, eu tinha razão, porque ele descobriu que o trabalho era fácil e o salário alto, comparado com outros trabalhos de seus colegas da faculdade de Enfermagem.

Durante o tempo todo que estávamos juntos, Gyu-ho me perguntava:

— Gatucho Gorducho, cê faz o quê? Brinca?

Deduzi que esse jeito de falar era uma espécie de dialeto de Jeju, o que me fazia suspirar e lhe apresentar as opções mais adequadas para as nossas circunstâncias, como se eu fosse uma mãe passarinha e ele, o filhote, e eu estivesse digerindo a comida para ele. Eu não era muito bom com as coisas do cotidiano, como limpar o apartamento ou reciclar o lixo, mas era muito bom em pensar em como lidar com grandes decisões. É claro que, como diz o ditado, o monge não pode raspar a própria cabeça, e o modo como eu mesmo navegava minha vida era um caos, sendo rejeitado por uma centena de empresas para as quais eu havia mandado currículo, sentindo como se o mundo inteiro tivesse virado as costas para mim. Em todo caso, eu não ficava decepcionado de verdade, muito menos desesperado, após ter experimentado a verdade universal de que, mesmo que eu tivesse conseguido vencer as probabilidades e chegado em algum lugar, minha vida não melhoraria tanto assim, de qualquer forma. E o mesmo valia para os relacionamentos. Não tinha nada para me dar um quentinho no coração ou grandes expectativas em relação ao nosso futuro juntos. E talvez fosse aquele o segredo para a nossa longevidade.

Apesar do drama de como começamos, nossa relação em si era perfeitamente tediosa, a ponto de fazer qualquer um bocejar. Mas a gente não ligava. Porque, acontecesse o que acontecesse, tínhamos um relacionamento.

Virou um hábito de Gyu-ho vir dormir na minha casa depois do seu turno de fim de semana na boate. Ele andava na ponta dos pés, porque sabia que eu tinha sono leve, e só lavava o rosto antes de se enfiar embaixo das cobertas e pegar no sono em dez segundos. Eu acordava, apesar de todo o cuidado dele em não fazer barulho, e acomodava meu nariz na sua nuca, onde dava para sentir o cheiro do tabaco em seus cabelos, ou na sua testa, enquanto tentava voltar a dormir.

Acordávamos no meio da tarde, fervíamos água para fazer caldo de broto de feijão, ou de *kimchi*, e saíamos. Eu nunca teria me aventurado a sair da cama (ainda mais para ir a qualquer lugar que tivesse multidão) a não ser que alguém me mandasse fazer isso. Em contrapartida, Gyu-ho se sentia engaiolado se ficasse num mesmo lugar por muito tempo. Eu não conseguia entender como ele havia me transformado, mas, graças a ele, eu agora estava vendo o mundo.

O caminho dos nossos encontros acompanhou o fluxo da gentrificação de Seul. As galerias de Samcheong-dong e Bukchon, Serosu-gil, perto de onde Gyu-ho trabalhava, e passando por Bogwang-dong, Mangwon-dong, Haebangchon e Seongsu--dong... Ganhamos, cada um, mais de quatro quilos enquanto estávamos juntos. Quem costumava bancar tudo era Gyu-ho, já que o seu namorado era um pobretão que ganhava salário mínimo. E sempre que ele me mandava ficar famoso logo, eu respondia com um "Claro!" retumbante. Ambos, no entanto, sabíamos que isso nunca iria acontecer.

*

Gyu-ho chegou em casa um dia com uma peça de filé australiano para comemorar sua promoção para o cargo de Diretor de Consultoria. Qual deve ser o nível de bagaceira dessa clínica para ele já ter recebido uma promoção assim tão cedo, eu me perguntava em voz alta enquanto preparava o filé. Pelo que ouvi dele, o trabalho de Diretor de Consultoria não parecia ser assim tão grande coisa, mas o chefe da clínica de fato parecia gostar de Gyu-ho por ele não ser como "os jovens de hoje em dia", nas palavras dele.

— O que ele quis dizer com eu não ser que nem os jovens de hoje em dia?

— Quer dizer que você é jeca pra caralho.

Eu conseguia entender o que o médico estava pensando. O jeito frugal de Gyu-ho com as palavras, sua personalidade constante, combinados com a aparência de um delinquente juvenil — uma combinação que, por mais estranha que parecesse, inspirava confiança no seu caráter. Eu deveria saber, já que havia sido exatamente aquilo que tinha me atraído nele também.

Por volta do final da temporada de *Grease*, eu por acaso me deparei com um emprego em uma empresa de transporte de mercadorias de médio porte. Uma empresa disposta a me pagar mais do que eu valia, para ser sincero, mas havia um problema: o exame médico, a última formalidade no processo empregatício. Sendo uma empresa relativamente grande, eles haviam terceirizado o exame médico para um hospital que podia fazer exames de sangue completos. O médico do hospital universitário com quem eu pegava minhas receitas me garantiu que era ilegal fazerem um teste de HIV sem o meu consentimento. Mas eu não conseguia levar a sério o que ele dizia, nem me livrar daquela sensação de pavor. E eis que, segundo as minhas pesquisas na internet, já havia acontecido de cancelarem um contrato de emprego de uma pessoa que ia trabalhar numa empresa *chaebol*, um grande conglomerado industrial administrado por uma família, precisamente por causa daquilo que eu tanto temia. Ao me ver preocupado, Gyu-ho bolou um plano:

— Deixa que eu vou no seu lugar. Nós temos o mesmo tipo sanguíneo.

No começo do nosso relacionamento, ele me fez todo tipo de perguntas imbecis sobre o meu tipo sanguíneo e signos astrológicos, dizendo que queria ver se éramos compatíveis — quem poderia imaginar que essas coisas seriam úteis agora? Não apenas tínhamos a altura e o peso parecidos, como também éramos ambos do tipo AB. Isso sem falar que as pessoas que não nos conheciam tinham dificuldade em nos distinguir (apesar de eu não conseguir entender nem a pau o porquê daquilo). Uma situação que foi exacerbada depois que nós dois ganhamos peso. Em todo caso, que bom para nós, valia arriscar. Decidimos mandá-lo no meu lugar. No dia do exame, para o qual ele levou a minha identidade consigo, eu estava o dia inteiro com os nervos à flor da pele, preocupado que ele fosse fazer alguma burrada e estragar o seu disfarce.

Mel na chupeta.

Dei um suspiro ao ler sua mensagem de texto.

No fim, faltando ainda duas apresentações antes de as cortinas de *Grease* caírem de vez, consegui entrar no centro de treinamento daquela empresa de fretamento. A produção de *Grease*, que começou com um elenco triplo e foi encolhendo até restarem apenas os dois principais com o menor alcance vocal, terminou com mais de duzentos programas ainda por vender.

*

Mesmo depois de arranjar um emprego na área de enfermagem, Gyu-ho não se demitiu do bar. A personalidade podre do irmão dele piorava mais a cada minuto enquanto ele se preparava para as provas para tirar o seu registro, e Gyu-ho estava determinado a se mudar assim que economizasse dinheiro suficiente para o depósito do aluguel. Ele não só trabalhava cinco dias por semana como ficava duas noites na boate e ainda pegava o turno da manhã de sábado na clínica a cada duas semanas. Nossos encontros, que costumavam acontecer uma ou duas vezes por semana, diminuíram para uma ou duas vezes por mês. Pelo menos, ele vinha dormir na minha casa com mais frequência, desmaiando na cama como se nunca mais fosse levantar. Agora que os dois tinham renda, podíamos sair para comer em lugares mais bacanas e, quando batia a vontade de ser chique, a gente alugava um quarto num hotel de Seul. Jogávamos uma bomba de banho efervescente na banheira e ficávamos sentados entre as borbulhas, tomando champanhe, sem nunca perder a oportunidade de tirar umas selfies para postar no Instagram ou no Facebook, depois vestíamos os roupões de banho do hotel e ficávamos admirando a paisagem noturna da cidade — todas as coisas habituais que as outras pessoas faziam. Claro que não fazíamos aquilo, a coisa mais importante. Ou, devo dizer, não podíamos? Gyu-ho, toda santa vez, ficava mole assim que botava a camisinha, e se fosse eu no lugar dele, ele acabava sangrando. Por isso chegamos a experimentar usar Viagra, mas nos deu indigestão e nariz entupido. O coquetel de remédios que eu tinha que tomar de manhã já era mais que suficiente, incluindo os que auxiliavam na digestão e pílulas para proteger o fígado. Momentos como aquele eram quando a Kylie, que costumava ser uma presença tão vaga que eu mal conseguia senti-la, aparecia de repente e interferia na minha vida. Mas, apesar disso, decidi pensar em nós dois como um casal completamente comum que estava junto fazia três anos, e não ficar todo sentimental por causa daquilo.

Às vezes eu encontrava genéricos de Viagra ou remédios para retardar a ejaculação nos bolsos de Gyu-ho. Ele dizia que eram amostras enviadas pelas companhias farmacêuticas. *Eles têm esse tipo de coisa saindo pelo ladrão.* Claro que têm. Mas por que ele estava carregando aquilo no bolso? E eu fiquei pensando na vez que Gyu-ho foi para o Japão sozinho. "Vá e tenha vários casos, eu vou ficar bem." Fui eu quem disse isso. Eu tinha a Kylie, e sabia bem até demais que Gyu-ho não poderia fazer tudo que ele queria por causa dela. Não queria ser inocente quanto a isso. Se eu não acreditasse em nada, conseguiria mantê-lo comigo. Poderia me proteger assim. Não fazia mal. Não se pode ter tudo na vida.

Kylie era o meu fardo, e só meu.

*

Gyu-ho, que disse que teria um raro dia de folga durante a semana e ia passar em casa para tirar um cochilo, apareceu na minha porta revoltado.

— O que houve?

— Não posso mais morar com aquele desgraçado.

O desgraçado, que era o seu *hyung* e que àquela altura só existia para comer a comida que Gyu-ho preparava, havia começado a reclamar que Gyu-ho não estava cozinhando o suficiente por causa de seu novo emprego na clínica. Quando Gyu-ho retrucou, o idiota pelo visto abriu a geladeira e pegou os ovos para jogar nele. Eu conseguia sentir o meu rosto ficando vermelho de raiva só de ouvir o relato. Ainda tinha um pouco de gema de ovo no pescoço de Gyu-ho.

— Ei, vamos alugar um caminhão.

E lá fomos nós, Gyu-ho e eu, direto para Incheon juntos. Demorou duas horas para chegarmos lá de metrô. E pensar que ele pegava aquele caminho de ida e volta todo dia, para trabalhar e ir lá para casa. Considerando que já estávamos juntos fazia setecentos dias e eu jamais tinha visitado a casa dele, fiquei me sentindo um tanto culpado. Quando descemos da estação e subimos no ônibus, ouvi um jingle já estranhamente conhecido tocando no rádio: "Vamos juntos a You Sulhee, Escola de Enfermagem You Sulhee, depois direto à faculdade de Enfermagem, eu e você." Nossos olhares se cruzaram e eu tentei não rir.

O desgraçado do seu *hyung* não estava em casa, provavelmente tinha ido encher o bucho em algum outro lugar, e nem limpou os ovos quebrados na frente da geladeira. Falei para Gyu-ho fazer a mala rápido. Ele pegou suas roupas, dois pares de sapatos e um notebook. Tudo cabia numa mala grande de rodinhas.

— Só isso?

— Sim. Mais o colchão que comprei com o meu dinheiro.

Era esse o grau da sua participação na casa. O caminhão de mudança que havíamos alugado chegou bem na hora, e Gyu-ho e eu, com nossas costas sofridas, conseguimos carregar o colchão de solteiro *king-size* para dentro do caminhão, gemendo de dor o tempo inteiro.

Estrelas frias apareceram nos céus daquela noite, e nós nos apertamos, juntos, no estreito assento do passageiro do caminhão, trocando nosso calor corporal pelas coxas conforme seguíamos pela rodovia, em alta velocidade, para casa. Rumo a um lugar que não era mais o meu, mas o nosso apartamento. A estrada alaranjada sob a iluminação dos postes da rua me deixou com os olhos marejados, e a cidade parecia estar renascendo.

É claro que esse sentimento não durou muito. Por mais que tentássemos, não conseguíamos fazer o colchão de Gyu-ho caber na minha quitinete. Acabamos deixando o colchão numa posição esquisita do lado das portas de correr da varanda, pisando nele e nos travesseiros sempre que queríamos ir lá fora. Após quatro dias dormindo comigo na minha cama, Gyu-ho declarou que eu roncava alto demais e foi lá dormir no seu velho colchão. O ar frio entrava pelas portas. Gyu-ho disse que, com o cobertor elétrico, ele ficava com o corpo quente, mas o nariz gelado, o que ele mesmo parecia achar hilário.

Não demorou muito após Gyu-ho se mudar para ele largar o emprego de barman. Disse que ficava cansado demais para continuar, mas eu tinha a sensação de que era porque ele não sentia mais a necessidade de trabalhar tanto para pagar o aluguel. Na sua última noite no serviço, o dono da boate lhe deu duas garrafas de Moët & Chandon. Os amigos de Gyu-ho junto com os meus se reuniram numa mesa para beber e comemorar.

3.

Depois que começamos a morar juntos, passamos a ter mais discussões. Não por causa de nada sério — só as coisas de sempre que surgem com as diferenças no estilo de vida.

Secar roupa, para mim, era uma questão de vida ou morte, o que significava que eu não só sacudia cada peça várias vezes antes de pendurar no varal, para que não amarrotassem, como também reservava um tanto de espaço entre cada uma, abria todas as janelas da casa e até mesmo deixava um ventilador ligado em cima das roupas. Quanto a Gyu-ho, ele arremessava aleatoriamente — e eu sentia mesmo que "aleatoriamente" era a única palavra possível — a roupa no varal e deixava as janelas fechadas, para que a casa virasse uma sauna. Essas roupas secando devagar inevitavelmente acabavam ficando com um cheiro azedo. Não importava quantas vezes eu enchesse o saco dele, ele nunca pendurava a roupa direito, o que me levou a jogar uma das minhas camisetas na cara dele um dia, depois de chegar em casa do trabalho.

— Olha isso! Nossas roupas estão com cheiro de pano de chão!

— O cheiro que você está sentindo é o da sua cara suja mesmo.

E a briga então progredia até um de nós começar a berrar...

Como eu estava empregado, acabei pegando o mau hábito de comprar coisas para aliviar o estresse. Gyu-ho era igual, e eu costumava adquirir livros ou cacarecos enquanto ele competitivamente comprava roupas e itens essenciais do cotidiano. Gyu-ho exigia que eu jogasse fora os livros que eu não fosse ler enquanto eu exigia que ele jogasse fora as roupas que ele não usaria. Nenhum de nós dois estava disposto a ceder, e nosso apartamentinho foi ficando menor a cada dia que passava.

Gyu-ho não suportava o modo como eu deixava as minhas coisas todas jogadas pela casa. Quando ele disse que cada coisa deveria ter o seu lugar, eu retorqui:

— Que lugar? Olha o tamanho deste apartamento minúsculo! Onde quer que eu esteja e aonde quer que eu vá, esse vai ser o lugar, e, por Deus, essa é a mais pura verdade.

Quase terminamos após a briga que se sucedeu dali.

Mesmo depois de sentir tanta raiva dele a ponto de querer matá-lo, eu me flagrava voltando a Gyu-ho, como se nada tivesse acontecido, e dizendo coisas como "O que vamos jantar amanhã?" ou "Por favor, não esqueça de comprar sacos de lixo na loja amanhã". No geral, cada um dormia na sua cama, mas de vez em quando dormíamos na mesma, sem transar, mas fazendo um revezamento do braço que um dava para o outro usar de travesseiro, inspirando o cheiro do peito e da axila um do outro, lentamente passando a acreditar que era isso que significava amar e estar juntos.

*

Coordenamos nossas férias para visitarmos a Tailândia juntos. Seria uma viagem de uma semana, o que para nós era bastante tempo.

Gyu-ho armou todo um alvoroço para garantir que eu estivesse com o meu passaporte, que eu não estivesse esquecendo nada. Eu queria mandá-lo parar de encher o saco, mas não tinha como fazer isso em sã consciência, dado o péssimo precedente que eu havia estabelecido. Na época em que estávamos nos preparando para a nossa viagem fracassada ao Japão, havíamos ido juntos solicitar nossos passaportes no escritório do distrito de Jongno. Seria a primeira viagem dele ao além-mar, mas ele se comportou como se fosse um especialista. Até achei meio fofo. E, naquela vez, para a Tailândia, ao contrário da nossa última viagem juntos, as coisas transcorreram bem para nós desde o começo. Conseguimos um desconto no nosso quarto do novo Park Hyatt em Bangkok, porque não haviam concluído ainda a reforma. Só para fazer graça, no campo do motivo para nossa viagem, preenchemos com "lua de mel", mas havia mesmo champanhe e um cartão nos esperando quando entramos no quarto. E não só isso: a cortina elétrica do quarto que reservamos estava quebrada, o que levou o pessoal da recepção a nos dar um upgrade para a suíte do andar de cima. Assim que botamos o pé naquele paraíso, Gyu-ho e eu não conseguimos conter os gritos, de tão maravilhados.

Naquela noite, usamos um gel caro da Le Labo para preparar um banho de espuma, algo que não costumávamos fazer em casa por causa do valor, e tomamos champanhe na banheira, enquanto elaborávamos penteados de Maria Antonieta com a espuma na cabeça um do outro, dando risinhos e tirando fotos. Bêbados, postamos as fotos no Instagram, matamos a garrafa e ficamos deitados na banheira até os dedos das mãos enrugarem. Assim que os nossos corpos começaram a ficar vermelhos devido ao calor, saímos e colocamos nossos roupões de banho para ficarmos esparramados na cama. Eu peguei no sono admirando o rosto corado de Gyu-ho.

Quando acordei do meu sono sem sonhos, eu nos flagrei nus, um nos braços do outro, com os roupões caídos. Lá estava ele, deitado em meus braços, quietinho como sempre. Toquei a ponta de seu nariz comprido e suas bochechas. Estavam frios e secos ao toque por causa do ar-condicionado.

Passamos a manhã fazendo compras. Gyu-ho queria ir a Khao San Road, de que tanto ele tinha ouvido falar, e decidimos pegar um táxi fluvial por lá. Começou um temporal assim que pisamos no barco e, quando chegamos, já estávamos encharcados. A chuva não parava de cair, e não havia onde nos abrigarmos, exceto uma pensão próxima que cobrava cerca de 50.000 wons. Após usarmos o chuveiro comunitário (basicamente um chão de concreto com algumas mangueiras), nós nos deitamos na cama que rangia sem roupa. E transamos. Observando o ventilador de teto rapidamente fatiar o ar acima de nós, a sensação que eu tinha era de que estávamos conectados num corpo só. Não me sentia assim fazia muito tempo.

Por volta da hora em que a chuva parou, o sol estava se pondo. Ficamos admirando a perspectiva atmosférica e o sol violeta que estava se pondo enquanto bebíamos umas cervejas. Compramos duas regatas combinando do Ursinho Pooh e as vestimos na mesma hora.

No sábado, usamos as regatas de novo, desta vez nas boates. Era meia-noite quando começou a tocar uma música já conhecida: "Sexy Love", do T-ara. Quantos anos fazia? Um grupo de nativos — a versão tailandesa do meu grupo T-ara — invadiu o palco e começou uma execução impecável da coreografia. Gyu-ho e eu gritamos enquanto nos abraçávamos e pulávamos loucamente. A cabeça de Gyu-ho estava linda e quente, e nós nos beijamos ali mesmo, no meio da boate.

Eu li em algum lugar que os amantes só discutem quando visitam Bangkok juntos, e conosco foi assim mesmo. Porque um de nós estava secando um outro carinha, porque o trânsito estava atroz, e um monte de outras coisas que eu nem me lembro de ter sido motivo de discussão e de deixar aquele climão de silêncio — nada disso importava após umas doses e um beijo.

Porque estávamos de férias.

*

Depois de voltarmos à realidade, logo nos afundamos na fadiga de sempre que acompanhava o trabalho que precisávamos fazer para ganhar a vida. As regatas que tínhamos usado na Tailândia viraram roupa de ficar em casa. O Ursinho Pooh no nosso peito começou a descascar, ficou sujo de caldo de macarrão instantâneo e foi desbotando. De vez em quando, dávamos risada das lembranças da viagem, mas na maior parte do tempo trocávamos reclamações sobre como estávamos mortos de cansaço, que eram rebatidas como se estivéssemos jogando pingue-pongue. Gyu-ho e eu havíamos começado a enxergar um ao outro como parte de uma paisagem de tédio. Só mais um detalhe naqueles dias monótonos e suarentos.

Após a viagem, começamos a bater boca mais do que nunca. Duas vezes a gente chegou até a se separar. Numa delas, Gyu-ho deixou o apartamento, e na outra fui eu quem fez isso. Saímos com outras pessoas. Muitas pessoas, no meu caso, e provavelmente no caso de Gyu-ho também. Depois que passava tempo suficiente e o nosso ódio, ressentimento e motivos para brigarmos começavam a desaparecer da nossa memória, a gente voltava, se mudava de novo para o apartamento e não perguntava nada um do outro enquanto fazíamos as pazes em silêncio e dávamos continuidade ao nosso relacionamento.

4.

Após o Ano-Novo, começamos a fazer aulas de mandarim. O hospital de Gyu-ho planejava lançar um consórcio com uma grande corporação médica da China para construir hospitais em Pequim e Xangai, que foi o que me levou a sugerir aquela ideia das aulas. Havia boatos circulando na minha empresa de que iríamos abrir uma filial na China também. E, já que o tempo que passávamos um com o outro havia diminuído tanto, me pareceu uma boa ideia ter algo que os dois pudessem fazer. Nas noites em que as aulas terminavam tarde, nós pegávamos um táxi de volta para casa juntos, cada um olhando fixo para uma direção diferente. O cenário de Seul passava devagar pela janela do carro. Na primeira vez que me encontrei com Gyu-ho, aquelas mesmas ruas estavam inundadas com luzes neon. Ao pensar em minhas emoções naquela época, eu não conseguia não dar um sorrisinho. Fui eu quem se matriculou primeiro para as aulas, mas era Gyu-ho quem estava avançando mais rápido. Eu não era lá muito bom em memorizar as coisas. E, diferente de mim, que sou analfabeto em chinês desde pequeno, Gyu-ho empregava sua diligência característica para progredir em alta velocidade. Ele conseguiu obter um nível 5 no exame HSK em apenas seis meses. Eu fiquei reprovado naquele nível, mas me inscrevi para o cargo em Xangai mesmo assim.

    Duas semanas depois, recebi a notícia de que eu e um colega que havia sido contratado dois anos antes estávamos concorrendo. Gyu-ho rapidamente se inscreveu para um cargo administrativo equivalente na clínica de Xangai de sua empresa e conseguiu a vaga. Chegaram até a lhe oferecer uma ajuda de custo. Pesquisamos lugares para morar em Xangai, onde ficavam as boates gays da cidade, como era o custo de vida e bons lugares para comprar móveis. Enquanto eu conferia as exigências do visto para o meu emprego, esbarrei numa cláusula que dizia que qualquer visitante que fosse passar mais de seis meses na China precisaria passar por um exame médico. Um exame médico que incluía um exame de sangue. De acordo com as minhas buscas, a China estava fechando o cerco contra infecções sexualmente transmissíveis que vinham se disseminando entre a população naqueles últimos anos.

Kylie.

Eu havia me excedido em meus desejos. Já havia ganhado coisas demais nos últimos três anos. Quando se deseja demais, é inevitável esbarrar num obstáculo em algum momento.

No dia seguinte, fui até o meu chefe e lhe disse que, por causa da doença da minha mãe, seria melhor para a empresa se eu rescindisse a minha inscrição para aquele cargo na China. Para Gyu-ho eu disse que foi meu colega quem havia conseguido o cargo. Gyu-ho respondeu que também iria ficar então, que havia muitos hospitais que o queriam aqui. Como sempre, respondi Gyu-ho com o que era certo:

— Você tem que ir. Não pode simplesmente desistir de uma grande oportunidade como essa. Você tem que ir, é sério.

Gyu-ho não disse nada.

*

E, durante os dois meses seguintes, nós dois continuamos vivendo da mesma forma de antes. Dávamos risada das piadas um do outro, nos beijávamos, tirávamos as espinhas dos peixes um para o outro, colocávamos carne na colher um do outro, de vez em quando tomávamos banho juntos e, no meio daquilo tudo, o novo jogo de bagagens de Gyu-ho foi entregue em nossa casa, e suas coisas saíram das nossas gavetas e foram parar nas malas dele. Um lampejo, um momento em que existia uma possibilidade — mas não segui por esse caminho. Eu sabia que aquele aperto no meu coração duraria apenas um momento. Aqueles sentimentos dolorosos que vinham com a possibilidade eram apenas um sinal de que nosso tempo juntos finalmente estava acabando de vez.

Na última noite que passamos sob o mesmo teto, fiquei admirando o rosto de Gyu-ho enquanto ele dormia. Estava apagado igual a um defunto, como sempre. Por que ele nunca fazia barulho enquanto dormia? Era como se tivesse medo de incomodar os outros. Como se, por mais que morássemos juntos havia tanto tempo, ele fosse um fardo. Será que era culpa minha ou dele? Ou simplesmente algo que nenhum de nós dois podia mudar?

No dia seguinte, fui com ele até o aeroporto de Incheon. Depois de despacharmos sua bagagem, tínhamos cerca de uma hora até o seu voo partir. Gyu-ho disse que estava com fome, por isso fomos até uma Paris Baguette pegar um salgado frito de que ele gostava, recheado com *japchae*, o macarrão de batata-doce com legumes, e um pouco de leite. Fiz que não com a cabeça quando ele perguntou se eu estava com fome também. Era ele quem estava com fome, mas deu só uma mordida no salgado antes de me fazer uma pergunta:

— Você vai esperar por mim?

— Dizem que sair com nativos ajuda a aprender o idioma mais rápido.

— Por que você está sorrindo? Isso tem graça para você?

— Você sabe que sou de sorrir bastante.

— Estamos terminando?

— Para de me perguntar. Ninguém se importa mais.

— E você também não se importa se a gente não estiver mais junto, não é?

Gyu-ho empurrou na minha mão o salgado que estava comendo. Depois, olhando para trás como se estivesse prestes a chorar ou furioso comigo, ele se levantou e foi caminhando depressa até os portões de embarque. Ele era grande que nem uma montanha, mas andava feito um aluno do ensino fundamental revoltado. Era raro ele ter essas explosões de emoção — imagino que fosse por eu não lhe ter dado nenhuma das respostas que ele queria ouvir. Fiquei ali sentado, observando-o desaparecer antes de virar a cabeça.

O trem do aeroporto estava surpreendentemente vazio, mesmo para uma manhã de dia de semana. Do lado de fora da janela, lamaçais cinzentos e tufos secos das lavouras se expandiam infinitamente até o horizonte. Enquanto eu admirava a paisagem, percebi que estávamos passando pelo que tecnicamente era o território da cidade de Incheon. "Incheon é famosa pela You Sulhee." Murmurei o jingle da Escola de Enfermagem de You Sulhee baixinho, que nem um doido, e depois olhei ao meu redor, constrangido. Eu era a única pessoa sem bagagem. Apenas com um salgado frio na mão, pela metade. Olhei para as marcas dos dentes dele. Tive vontade de ouvir alguma música divertida, algo da Kylie Minogue ou T-ara, mas a bateria do meu celular estava zerada. Era naquelas horas que Gyu-ho normalmente me entregava um carregador portátil. E o que mais? Ele separava meus remédios e minha água todas as manhãs, me emprestava o seu protetor labial quando meus lábios rachavam, pendurava as cortinas de blecaute na minha sala, esfregava minhas costas quando dava coceira, tomava banho primeiro para deixar o ar do banheiro gostoso e quentinho para mim. Você foi a única pessoa que fez essas coisas por mim, então, sinceramente, Gyu-ho, eu me importo de verdade com o fato de não estarmos mais juntos, e muito… Continuei olhando a paisagem lá fora, pela janela, que foi ficando mais borrada conforme o trem acelerava na direção de Seul, de volta à cidade grande que eu conhecia tão bem.

Parte IV
Férias de fim da estação chuvosa

Parte IV
Férias de fim da estação chuvosa

1.

Fiquei um pouco surpreso quando o Uber que o Habibi mandou para me buscar chegou ao seu destino, porque o que achei que fosse um grande shopping acabou sendo o Park Hyatt Hotel de Bangkok.

Percebi que eu tinha me esquecido completamente daquele lugar assim que pisei no saguão.

A paleta de cores pêssego do interior do saguão estava igualzinha à do ano anterior, nessa mesma época, com aquela sensação de um lugar classudo, porém estranhamente barato, dos lustres retorcidos e do tapete castanho que abafava o som de cada passo. O francês que se apresentou como o proprietário estava no mesmo lugar, vestindo as mesmas roupas, o que me arrancou um sorriso. Era exatamente o mesmo edifício de antes, porém, analisando em retrospecto, eu estava ali com sentimentos completamente diferentes.

O proprietário me chamou de sr. Park e me estendeu a mão. Aquela hospitalidade inesperada trouxe outro sorriso constrangido ao meu rosto. O inglês dele com sotaque afrancesado. Seu cartão de visita inserido no meu passaporte. Quando ele me perguntou como estava o amigo que havia me acompanhado da outra vez, apenas continuei sorrindo. E simplesmente respondi, do modo mais claro possível, sem qualquer estranheza em meus trejeitos ou voz, com o número do quarto no trigésimo andar e o nome do Habibi.

Quando as portas do seu quarto se abriram diante de mim, fiquei surpreso de novo, não apenas porque Habibi parecia mais cansado e mais velho do que quando eu o tinha conhecido, mas também porque o arranjo da suíte me pareceu muito familiar. Às vezes, a memória de um espaço pode chegar com mais rapidez do que a de uma pessoa ou uma cena. Cortinas motorizadas entreabertas, sofás de tecido com cheiro de novo, um banheiro decorado com mármore preto. Igual à suíte em que eu havia ficado um ano antes.

Habibi colocou sua mão no meu ombro e nós nos abraçamos. Eu não sabia muita coisa a respeito dele. Era do mercado financeiro e tinha estudado Economia numa universidade nos Estados Unidos. Tinha 39 anos no Tinder, mas era muito mais velho na realidade. Usava um traje formal, incluindo alfinete na gravata e abotoaduras, um relógio Rolex, e tinha dinheiro em várias moedas diferentes na sua carteira Louis Vuitton. A única coisa, além dessas, que eu sabia a seu respeito era o fato de que, por volta do fim de outubro, já no fim da temporada de férias, quando eu não tinha nada de especial para fazer, ele havia me ligado.

Não que eu soubesse também muita coisa a respeito de mim mesmo. Apenas uns poucos meses antes, jamais teria imaginado que eu, aos 32, estaria saindo de férias no fim da estação chuvosa, no final de outubro.

*

Depois que Gyu-ho foi embora, a primeira coisa que fiz foi jogar fora o seu colchão.

Não fazia muito tempo que havia um colchão de solteiro *king-size* e uma cama Tempur *queen-size* lado a lado na minha quitinete minúscula. Havia também duas estantes e uma mesa, além de uma geladeira, o que não deixava praticamente espaço nenhum para se deslocar. Gyu-ho trouxe o colchão de solteiro *king-size* quando se mudou, a mesma marca que, não fazia muito tempo, aparecera no noticiário por usar compostos carcinogênicos em seus materiais; reconheci a logo no estilo Taegeuk embaixo do colchão. Fiquei pensando em Gyu-ho reclamando de como suas costas doíam quanto mais ele dormia, o que me tirou um sorriso. A cama Tempur foi um presente para mim do meu pai, quando uma revista literária publicou um texto meu pela primeira vez, porque eu de fato tinha dor nas costas. O pai havia conseguido expandir os negócios, apesar da economia ruim, e andava por aí com uma carteira forrada de tantos cheques que ele não conseguia nem dobrá-la — ao mesmo tempo que emanava todo tipo de sensações agourentas. E é claro que não demorou nem um ano para ele ser acusado de sonegação de impostos e desvio de dinheiro por meio de um contrato duplo, e era por isso que estava foragido.

Havia uma mancha em algum ponto do sofá por causa do molho de soja que a gente tinha derramado.

Enquanto eu tirava sozinho aquele colchão emissor de radônio, fiquei me lembrando da vez que Guy-ho e eu comemos sushi juntos em cima dele. Algo de bom deve ter acontecido naquele dia. Sushi era o nosso delivery de comemoração.

Uma vez, enquanto estava sentado na cama comendo o seu **sushi**, Gyu-ho (sempre desastrado) virou o próprio prato por **acidente**, e eu rapidamente limpei com a manga da minha blusa. Foi por um breve momento, mas a mancha ficou no colchão.

Quando caiu a ficha de que minhas costas não davam conta de carregar um colchão de solteiro *king-size* por conta própria, já era tarde demais; mal tive tempo de chegar na área de reciclagem do condomínio quando comecei a sentir choques elétricos até a ponta dos dedos dos pés. Quando voltei ao apartamento, havia uma reportagem no noticiário de que a empresa responsável pelos colchões carcinogênicos estava se oferecendo para recolhê-los e descartá-los gratuitamente. A dor nas minhas costas latejava, teimosa e persistente. Era tarde demais para colocar as coisas de volta no lugar.

*

A segunda coisa que fiz depois de terminar com Gyu-ho foi pedir demissão.

Eu havia sido redesignado à equipe de suporte administrativo perto da época em que Gyu-ho tinha ido embora. "Suporte administrativo" era um termo elegante para "responsável por adquirir papel higiênico, esfregões, canetas marca-texto e outras tralhas de escritório para distribuir pela empresa". Um emprego que qualquer aluno de ensino fundamental com capacidades matemáticas decentes era capaz de fazer, e era o trabalho perfeito para uma pessoa que nem eu, que não tinha nenhuma habilidade especial, nem ambição. A empresa estava satisfeita, e eu deveria ter ficado satisfeito também, mas a cada dia que passava eu me flagrava tomado por uma ira silenciosa e inexplicável, e toda manhã suplicava aos deuses para que eu não acabasse arruinando mais um dia afundado em ressentimentos cruéis. No novo escritório, fui aos poucos me transformando num Pé-

Grande peludo, sem fazer qualquer esforço para ser sociável, e ficava só largado por lá, com a esperança de que ninguém me visse. Eu disse a mesma coisa para mim mesmo na última empresa em que trabalhei, mas eu mantinha a minha mente intacta, jurando de novo e de novo que aquela era a última vez que eu arranjava um emprego corporativo. Logo, a minha cintura de oitenta centímetros inflou até os noventa, fui promovido a encarregado do setor, e cheguei ao ponto de precisar comprar roupas em lojas on-line especializadas em homens grandes e altos. Meu corpo e meu coração ficavam mais pesados a cada dia.

Depois que Gyu-ho foi embora, passou a ser difícil sair da cama de manhã. De vez em quando, eu chegava atrasado no trabalho. Às vezes esquecia de lavar o rosto ou me barbear — cheguei até mesmo a andar o dia inteiro com o zíper aberto ou os botões da camisa desalinhados, no que eu só reparava quando chegava em casa. Tarefas de higiene rotineiras, como fazer a barba, cortar as unhas e escovar os dentes, começavam a me dar a impressão de serem luxos requintados. Por mais que eu devesse estar parecendo um marginal cabeludo andando pelas ruas, eu nunca havia faltado um único dia de escola ao longo dos meus doze anos de ensino primário, e tinha uma leve obsessão com tomar banho antes de sair, o que fazia com que aqueles acontecimentos fossem uma experiência nova para mim. Comecei a levar para casa as coisas da minha mesa de trabalho. Assim que todos os meus itens pessoais foram recolhidos, entreguei o meu pedido de demissão. Não me sentia empolgado, nem esperançoso ou aliviado. Apenas exausto de tudo.

*

A terceira coisa que fiz após terminar com Gyu-ho foi entrar num avião rumo a Bangkok.

Se eu tivesse seguido meu plano inicial, teria vivido uma vida extremamente iluminada e elegante. Dormir de meia-noite às oito, fazer café passado em casa, me exercitar três horas por dia, aprender a tocar violão, ler todos os livros que eu queria ler, escrever, fazer compras sem exagero... Mas aí, quando abria os olhos de manhã, eu não tinha a menor ideia de que horas eram, nem se o sol sequer estava no céu. Meus ritmos circadianos estavam completamente destruídos. Se, a princípio, eu me sentia culpado por desperdiçar minha vida, logo passei a pensar: *Bem, dane-se. Vamos ver até onde o meu dinheiro aguenta, vamos até onde a vida me leva.* E lá, deitado na minha cama Tempur, cheguei a uma constatação: *Nossa, esse é mesmo um estado de morte muito luxuoso e perfeito, até o tédio começa a ficar tedioso*, e liguei meu celular para conferir uns perfis no Tinder, sem muito ânimo. Qualquer um serviria, qualquer um para me tirar daquele caixão que era minha cama e me puxar para o mundo exterior, longe daquela fossa pútrida da minha vida, rumo ao que poderia haver lá fora. Fui dando curtidas como se eu fosse responsável por repovoar a Terra. E quando rolava um *match*, eu mandava a mensagem: *Onde você está agora?* E enfim me arrastava para fora da cama para ter uma transa ruim, só para sair de casa.

Dei *match* com ele completamente sem querer, lá em Seul.

Um corpo de terno, 39 anos de idade. Era tão hilário para mim o modo como ele frisava sua formação em Economia na Universidade de Columbia que cliquei no seu perfil para ver mais detalhes. Ver que tipo de idiota se esforçava tanto para esconder seu rosto e identidade, mas anunciava abertamente onde havia se formado — uma universidade da Ivy League, ainda por cima. O idiota por acaso havia se revelado como "Alex", o malaio que morava em Singapura. Seu livro favorito era *A teoria geral do emprego, do juro e da moeda*, de Keynes. Seus artistas favoritos eram Bach e Rachmaninoff? Claro que eram. Ele devia viajar muito a negócios, porque seu perfil vinha com uma longa lista das datas de quando estaria disponível em cada cidade, e ele ficaria em Seul apenas alguns poucos dias. Ao conferir o seu perfil idiota, meu dedão clicou no *Super Like* sem querer. Demos *match*, e ele me mandou uma mensagem na mesma hora. Será que eu poderia ir ao hotel dele? Pensei por uns três segundos e respondi que sim, poderia. Ele me deu o número do seu quarto no Four Seasons. Sem nem me dar o trabalho de tomar um banho, botei o meu moletom-pijama, um boné na cabeça, e parti para o hotel. A recepcionista me deu um olhar desconfiado assim que entrei, e bati na porta de Alex sem a menor esperança de qualquer coisa para aquele encontro. Isso porque a vida sempre demonstrou sua prontidão para frustrar minhas expectativas, por mais baixas que elas pudessem ser.

Enquanto eu tomava banho no quarto dele, pensei: *Já faz quatro dias*. Era engraçado para mim o fato de que o couro cabeludo podia coçar tanto que doía.

O sexo com ele não foi nem bom, nem ruim. A iluminação era baixa, o quarto era maior do que eu esperava, e dava para sentir a fragrância Leather de Tom Ford no pescoço dele. Eu só conseguia pensar em como o meu rosto estava ressecado, já que eu não havia passado nada depois do banho.

Enquanto ele tomava banho, fucei a sua carteira Louis Vuitton e tirei uma foto da sua identidade, só para garantir.

Ele tinha uns quarenta e poucos anos e seu nome era Habibi. Claro que era um nome falso. Dinheiro chinês, dólares de Hong Kong, bahts tailandeses e algumas moedas não identificáveis. Ele devia viajar muito a trabalho. Havia umas notas de 50.000 wons, e eu pensei por um segundo em surrupiar algumas, mas não o fiz. Não sei que bicho tinha me mordido para eu pensar aquilo justo naquela hora.

Ele saiu do banheiro com uma toalha enrolada na cintura. Eu não havia feito nada de errado — bem, não tinha roubado nada do seu dinheiro —, mas sentia uma culpa esquisita e fiquei desviando o olhar. Eu estava praticamente em posição fetal, que nem um animal selvagem encurralado, quando ele olhou para mim e me fez uma pergunta:

— O que significa *jeuk pay chin sai*?

— O quê? O que é isso?

— Ouvi falarem isso lá fora do hotel. Manifestantes estavam gritando essa frase.

— Hã... *jeok-pye-cheong-san*?

— Isso. Acho que é isso.

Eu dei uma gargalhada, para meu constrangimento. Ri até a barriga doer, até me dar conta de que fazia muito tempo desde a última vez que eu tinha dado tanta risada. Se é que eu ri assim um dia... quando foi?

— Qual é a graça?

— Nada, é só que...

Jeok-pye-cheong-san. "Livre-se das antigas práticas perversas." Eu não sabia como explicar em inglês, por isso me calei. Uma pausa constrangedora.

Habibi olhou para mim como se estivesse refletindo sobre alguma coisa antes de me fazer outra pergunta:

— Quer ir comigo para Bangkok?

*

O quarto que eu havia reservado com Gyu-ho era um *king*.

O Park Hyatt à época estava nas etapas finais de sua reforma e nem todas as instalações estavam funcionando quando chegamos lá. Então nem é preciso dizer que não havia tantas pessoas hospedadas. Gyu-ho invariavelmente entrava em pânico na hora de tomar decisões, e era por isso que quem escolhia nossos voos, hotéis e até mesmo a duração de nossa estadia era eu. Dos 1,58 milhões de wons da conta do hotel, paguei 780.000 e Gyu-ho, 800.000. Foi uma extravagância. Eu sabia que estava jogando dinheiro fora quando confirmei a reserva, mas acreditava ferrenhamente que valia o sacrifício. Estávamos desesperados por descanso e relaxamento.

Assim que chegamos ao vigésimo primeiro andar, jogamos nossas mochilas no chão e caímos um do lado do outro em cima da cama, ainda de sapatos. Gyu-ho esticou um braço para massagear carinhosamente a minha testa franzida com a mão, e eu botei a língua para fora para lambê-la. Ele não a havia lavado e sua mão estava com um gosto salgado. Deitados na cama, ficamos encarando as janelas que nos cercavam. Tínhamos uma visão nítida do terreno de um casarão lá embaixo, tão grande e bem-cuidado que parecia mais um parque temático do que a residência de alguém. Depois de ficarmos olhando fixo para aquela mansão por séculos, eu estava desesperado por um rápido cochilo e tirei os sapatos e as roupas. Gyu-ho enfiou o nariz no meu peito, e eu senti um cheiro familiar no seu cabelo. Eu devia estar cheirando igual. Apertei o botão para fechar as cortinas. A luz foi diminuindo devagar. Prestes a fechar os olhos, reparei que a cortina não estava fechada até o final, e a luz passava por uma fresta do tamanho de um palmo.

— Só podem estar de sacanagem.
— Vamos dormir logo.
— Não, olha. A cortina não fechou inteira.
— Dorme, pô.
— Como que você consegue dormir com essa luz entrando?

Enquanto eu ligava para a recepção para reclamar da cortina quebrada, Gyu-ho cobriu o rosto com o travesseiro e murmurou um "Lá vamos nós de novo". Um funcionário veio até o nosso quarto, conferiu a cortina e chamou o *concierge* para dar uma olhada também. Era um francês de terno, de meia-idade. O *concierge* nos informou educadamente que, já que o hotel ainda estava fazendo os preparativos para sua inauguração, havia uns enroscos para resolver, e que eles iriam nos oferecer um quarto melhor. Quando repassei essa informação para Gyu-ho, ele abriu aquele seu típico sorrisinho cansado. O *concierge* pegou nossas mochilas, cada uma em um dos seus ombros. Seu terno engomadinho e nossas mochilas esfarrapadas combinavam de um jeito peculiar. Nós o seguimos pelos corredores, feito dois hamsters gigantes. E acabou que o quarto em que ele depositou nossas mochilas era logo abaixo da cobertura. Ao nos entregar as chaves, ele pronunciou o meu sobrenome, Park, e mencionou que estávamos na Suíte Park King, o que levou Gyu-ho a fazer a piadinha de que o nome da suíte parecia o de um chefe de

RPG difícil de derrotar. Como um gesto adicional de pedido de desculpas pela inconveniência, o *concierge* nos convidou para uma festa que começaria no terraço às nove e acrescentou que as bebidas eram por conta da casa. Eu fiz a minha melhor interpretação de uma Pessoa Muito Chique e disse que estaríamos lá, sem falta. Porém, assim que as portas se fecharam atrás do *concierge*, Gyu-ho e eu nos abraçamos e soltamos um berro. O quarto era amplo e luxuoso, muito além de qualquer coisa que já havíamos imaginado na vida.

Tirei os nossos passaportes e as notas de bahts tailandeses da mochila de Gyu-ho. As capinhas dos nossos passaportes eram estampadas com personagens do Pororo. Às vezes eu chamava Gyu-ho de Pororo, já que os olhos dele também ficavam encolhidinhos quando ele colocava os seus óculos enormes. Já eu tinha uma cara enorme e narinas proeminentes, e era por isso que a capinha do meu passaporte tinha o dinossauro Crong. Coloquei os nossos passaportes de Pororo e Crong junto com o dinheiro no forro preto do cofre do quarto.

Quando Gyu-ho e eu visitamos o escritório do distrito de Jongno, ele hesitou porque não sabia bem como soletrar seu nome em inglês. Escrevi "G-ho" para ele, em vez disso. Ele ficou feliz em ver que era fácil de escrever. Aí eu sussurrei no seu ouvido:

— Significa "Gay-homo".

— Você quer morrer?

Gyu-ho era ruim demais no inglês, mas mandava muito bem em idiomas do leste asiático, como mandarim e japonês. Eu já era o completo oposto, e uma vez tirei a nota mais baixa da sala numa prova de caracteres chineses no ensino médio, mesmo tendo me esforçado horrores estudando. O professor contou o resultado para a escola inteira, uma humilhação que carreguei comigo durante muito tempo. Mas havia assistido repetidamente a tantos episódios de *Friends*, *Will and Grace* e *Sex and the City* que acabei ficando com um inglês bem razoável.

Naquela noite, passamos uma quantidade ridícula de tempo escolhendo nossos looks um para o outro. A maior parte das roupas em nossas mochilas eram shorts que também serviam de calção de banho, além de camisetas baratas de 6.000 wons da H&M. Tentamos encontrar as coisas com menos cara de vagabundas entre as que havíamos levado. Os colarinhos davam uma pitada de formalidade, e por isso acabamos optando por camisas polo combinando, jeans e tênis, a fim de não mostrar nossos dedos dos pés, contorcidos de nervoso.

O elevador nos conduziu ao trigésimo andar. Eu praticamente tive que tapar o nariz e desentupir os ouvidos.

Quando as portas do elevador se abriram, fomos recebidos por uma festa a todo vapor. Homens com gel em seus cabelos impecáveis e lenços de seda nos bolsos dos seus blazers elegantes, mulheres com vestidos de alça e maquiagem carregada... um DJ de etnia indefinida tocava batidas de EDM. Pulseiras Cartier e relógios Patek Philippe, colares Van Cleef & Arpels e sapatos Hermès passavam à deriva, enquanto ficávamos ali parados, digerindo tudo. Um funcionário do hotel chegou até nós e anotou o número do nosso quarto, disse que era uma festa sem assentos determinados e nos encorajou a curtir onde quiséssemos ali no terraço. Gyu-ho foi até a cabine do DJ, que tinha quase dois andares de altura, e examinou com reverência os alto-falantes e amplificadores antes de eu enfim conseguir arrastá-lo até um lugar para se sentar, com vista para a cidade.

Nós nos sentamos num sofá de couro escorregadio, com os ombros encostando, e observamos o centro de Bangkok. Peguei um cardápio de coquetéis sem preços e pedi uma "motocicleta". O copo chegou com a borda coberta por alguma especiaria agridoce, que eu lambi e que ajudou o álcool a descer mais fácil — aquele drinque maravilhoso era de graça? Ficamos animados até demais, pedimos tudo que tinha no cardápio, e os coquetéis com uísque nos deixaram alcoolizados bem rápido. Tinha um drinque com gosto de grama, outro era doce e outro amargo, e outro... Logo não importava o que estivéssemos bebendo, simplesmente estávamos olhando um para a cara do outro, os dois bem vermelhos, tocando nossas testas quentes e lambendo as especiarias nas bordas dos nossos copos, sem parar de beber. Era como se tivéssemos regredido a quando éramos crianças tomando sorvete. Era tão engraçado de ver que a gente não parava de dar risada. Todo mundo estava rindo também, não só a gente, e quanto mais ficávamos bêbados, melhor era a sensação, e nós ficamos ali, abraçados naquela brisa noturna fresquinha, digerindo a cena cada vez mais borrada da paisagem iluminada e noturna de Bangkok, felizes como se tivéssemos cinco anos de novo.

2.

Depois que terminei com Gyu-ho, publiquei uma coletânea de contos.

Eu vinha escrevendo durante o meu tempo junto com ele. **Lá estava eu,** todos os dias, voltando para casa determinado a **escrever um pouco,** tirando as meias antes de sentar a bunda na frente do computador. Gyu-ho voltava das aulas de Chinês, pegava minhas meias abarrotadas no chão e as jogava no cesto de roupa suja, com um suspiro. E lá vinha ele, trazendo alguma coisa doce e colocando na frente do meu rosto irritado. Ele sempre dizia que nada era melhor para acalmar meus nervos do que um docinho. Depois ele se sentava na cama comigo, agarrado na pelúcia do Doraemon e dizia para o bichinho:

— Ora, ora, ora, temos a chance aqui de conviver com um grande artista, não é?

— Você arruinou o meu dia inteiro de trabalho.

Eu reclamava me deitando na cama ao lado dele. Seu dedinho esfregava a minha testa franzida, entre as minhas sobrancelhas. O cheiro de água na mão dele. Eu mordia seu dedo, e Gyu-ho fingia que doía (ou talvez doesse de verdade). Sempre que eu não conseguia escrever o que eu queria ou ficava desesperado com o fato de existirem tantas coisas neste mundo que pareciam estar ao nosso alcance, mas que, na verdade, não estavam, Gyu-ho me trazia delivery de curry japonês ou arroz frito.

— Não vai comer?

— Hã... Gyu-ho?

— O quê?

— Eu... odeio curry.

Gyu-ho morreu várias vezes nos meus contos.

Ele tomou veneno, se enforcou, foi atropelado, cortou os pulsos...

Gyu-ho virava hétero, gay, mulher, criança, soldado... Ele virava toda e qualquer coisa que um ser humano era capaz de ser antes de morrer nas minhas páginas, toda vez.

E, depois de morto, ele se tornou o objeto do meu amor, minhas lembranças, meus sonhos — sempre objeto. Em minhas memórias, Gyu-ho está congelado, perfeitamente imóvel no tempo.

É assim que preservo minhas lembranças dele, numa vitrine, seguras e impecáveis, eternamente apartadas de mim.

*

Às vezes tenho a impressão de que é tudo culpa minha e às vezes eu penso: *tudo é tão injusto.*

Essa foi a primeira coisa que pensei ao acordar de manhã. Ao que se seguiram todos os tipos de pensamentos ilógicos e espontâneos rodopiando e consumindo o meu tempo neste mundo. Tinha sido antes ou depois de Gyu-ho me abandonar que viera aquele dilúvio de pensamentos indesejados invadindo meus momentos de silêncio? Meu relógio dizia que passava do meio-dia. Ou seja, não era mais de manhã.

Na noite anterior, eu havia visitado o mesmo bar no terraço com o Habibi. Dessa vez, o bar estava completamente aberto, inclusive um andar acima, que havia ficado fechado antes, e então nos sentamos a uma mesa sob as estrelas e dividimos uma garrafa de champanhe. Dessa vez, fui preparado, com uma camisa de botão e calças de linho. O frio me fez pedir um cobertorzinho. Habibi sorriu ao ver que eu não parei de degustar a minha taça de champanhe para cobrir os ombros com o cobertor. Eu também não conseguia parar de sorrir para ele, já que, dadas as nossas diferenças de idade e origem, acabávamos tendo pouquíssima coisa em comum. Eu lhe perguntei como era a vida dele nos Estados Unidos (descobri que as elites adoram falar desse tipo de coisa). A resposta de Habibi foi mais sucinta do que eu esperava:

— Era brutal. E eu estava solitário.

— Jura?

Ele explicou que, por esse motivo, acabou terminando seu bacharelado em três anos e imediatamente arranjou um cargo num banco de investimentos internacional (ele disse isso daquele jeito autodepreciativo de contar vantagem que as elites têm).

— Reprimir as minhas emoções enquanto trabalhava naquele banco me rendeu úlceras, dores de cabeça e insônia. E então veio a escuridão.

— Quê?

— A escuridão. Literalmente. Minha visão ficava preta, como um apagão. O hospital disse que não conseguia encontrar nada de errado comigo. Passei duas semanas sozinho em casa. Depois que as luzes na minha vida se apagaram, percebi que eu não sabia nada a respeito de mim mesmo, nadinha. Do que eu gostava? Como era o meu quarto? Como eu vivia até então? O que eu faria no meu tempo de folga? O que eu precisava fazer para a luz voltar?... Pela primeira vez, eu não tinha um caminho claro e determinado na minha vida; eu me sentia completamente impotente.

— Entendo.

Eu conseguia sentir empatia por ele. Excesso de trabalho e estresse. Eu sabia o que essas coisas eram capazes de fazer com alguém. Mas aquela situação do apagão me pareceu dramática demais, e não gostei do rumo que a conversa estava tomando; mudei para algo mais leve.

— Você conheceu alguém lá?

Ele sorriu e fez que sim com a cabeça.

— Bem, meu nome significa "amor" em árabe.

Ele estava prestes a falar mais alguma coisa, mas então pareceu ter repensado e decidiu beber champanhe, em vez disso. Será que ele tinha conhecido um árabe? Vieram à minha mente uns cabelos cacheados e cílios compridos. Será que ele era da CIA ou coisa assim? Por que ele não conseguia me dar nenhuma resposta direta? Calando-se toda vez que eu ficava curioso. Não que ele parecesse ter uma grande história. A voz dele cortou meus pensamentos.

— O seu nome tem algum significado? Acho que todos os coreanos têm nomes com significado.

— "Brilho radiante do alto." Meu pai chegou a pagar por esse nome.

— Que nem uma estrela?

— Que nem uma bomba atômica.

Habibi riu até dessa piada idiota. Seu rosto parecia tão cansado sob a luz frágil das estrelas. Tive uma vontade súbita de consolá-lo (algo nada característico meu), mas cheguei à conclusão razoável de que o que eu estava sentindo era pena de mim mesmo. Bêbados, voltamos ao elevador e fiquei encarando um borrão de pomada na sua nuca enquanto o acompanhava de volta ao quarto. Ao quarto onde eu tinha dormido com Gyu-ho um ano antes, ao quarto onde agora eu estava dormindo com Habibi.

*

Acordei com o som de alguma coisa estalando no banheiro. Mas hein? Eu estava mais bêbado do que imaginava e reparei que havia pegado no sono ainda vestido. Fui até o banheiro, meio cambaleante. A porta de correr se abriu para revelar Habibi desmaiado ao lado do vaso sanitário. Não dava para saber se ele havia tentado vomitar no vaso ou se o havia abraçado enquanto dormia, mas era uma cena estranha. Por sorte, não me deparei com nada nojento na latrina, mas havia uma pequena rachadura na louça. Será que ele tinha tentado se levantar apoiando-se ali? Será que o hotel ia colocar uma cobrança elevada na conta dele por aquilo? Pelo menos, ter que pagar pelo vaso não seria um grande prejuízo para as finanças dele. Consegui levantar aquele seu corpo de alface molhada e vi que o rosto dele estava coberto de suor ou lágrimas. Será que ele havia chorado até pegar no sono ali no banheiro? O celular dele estava no chão, com a tela rachada, mas ainda revelando uma conversa com alguém de nome Lu. Um nome que poderia ser masculino ou feminino. Corri os olhos na conversa, mas estava num misto de inglês e chinês. Não tinha como ter certeza, mas me parecia que alguém da família dele estava com câncer e ele precisava voltar o mais rápido possível para casa. A julgar pelas palavras e nomes, devia ser um marido ou uma esposa de Hong Kong. Em todo caso, era óbvio que ele já estava em um relacionamento.

Apesar da minha dor nas costas, consegui levantar Habibi, que não era exatamente pequeno, e deitá-lo na cama. Era estranho vê-lo esparramado onde, momentos antes, eu estava deitado. Tirei o seu terno. Camisa Hugo Boss, cueca Burberry, meias Missoni, meu Deus. Era esse o gosto de um quarentão membro da Ivy League, e o clichê daquilo tudo foi o suficiente para me drenar por completo.

Por que ele havia me chamado até ali?

*

Quando acordei, na manhã seguinte àquela noite estranha, vi que Habibi havia deixado um bilhete na mesa de cabeceira. Ele ia participar de uma conferência e voltaria de madrugada para o hotel. Em cima da mesa havia um prato com sobras do serviço de quarto e cinco notas de mil bahts. Já que me parecia ser um dinheiro meio excessivo para se deixar como gorjeta para a camareira, imaginei que fosse para mim. Embolsei o dinheiro e comi uma das coxas de frango das sobras, tão magrinha que fiquei até me questionando se o frango não tinha feito dieta. Já havia esfriado e não estava lá grande coisa. O recibo ao lado do prato dizia que custava cerca de 20.000 wons coreanos. A julgar pelo preço das coisas em Bangkok e o peso do frango, era uma ave bem cara. Sentei-me no sofá e massageei minhas pernas. Qual era o problema da minha circulação? Eu ainda não estava velho.

De tarde, fui até a piscina na área externa do décimo andar e nadei sob a luz do sol. Um casal branco e hétero estava por perto, jogando água um no outro que nem doidos. Havia um daqueles trios de chineses que se vê por toda parte pegando sol nas espreguiçadeiras. Quando passei, consegui ouvir um deles sussurrar, em mandarim, "coreano gordo". Acharam que eu não ia entender. Tive de me esforçar para segurar o riso.

Quem iria imaginar que o meu mandarim quase inexistente acabaria sendo útil? Mergulhei na piscina e fiquei analisando as pernas magrelas dos brancos.

Terminei de nadar e fui tomar um banho, depois desci até o shopping da Embaixada Central, com fome por causa do exercício físico. No segundo andar, perto da loja da Prada, havia uma padaria chamada Paul, que eu nunca tinha ouvido falar, e tomei a decisão impulsiva de comer lá. Olhei o cardápio — repleto de palavras em francês e tailandês — e escolhi um salgado recheado de azeitonas e jalapeños, junto com um *latte*. O pão era mais apimentado do que eu esperava e fez meu nariz arder. E pensar em todos os idiotas que se gabam do quanto a comida coreana é apimentada. Assoei o nariz com um guardanapo e mandei uma mensagem para Habibi.

Fui nadar e estou almoçando. Como está o trabalho? Lembranças da sua bomba atômica.

Ele respondeu que a conferência estava demorando mais do que ele esperava e que havia sido convidado para um jantar na Embaixada Britânica, por isso voltaria tarde para o hotel. E disse que lamentava muitíssimo.

Ele não precisava se lamentar. Era uma boa notícia para mim. Repensando a minha resposta, escrevi: *Não faz mal… Tudo bem…*, fingindo estar mais triste do que de fato estava com as minhas reticências abundantes. Bebericando o meu *latte*, abri o Tinder e comecei a arrastar para o lado. Esse aqui frequentou a Universidade de Chulalongkorn, aquele a de Thammasat, esse aqui fez Design, aquele era chinês, o outro era mestiço, um tinha 27, esse outro tinha 40… Os *matches* com estranhos começaram a se acumular. Eu estava arrastando para o lado no meio de todos aqueles homens ao meu redor, querendo que todos aqueles *matches* fossem dinheiro, quando de repente bateu um tédio insuportável e guardei o celular.

E se eu saísse para um banho de loja descontrolado? Se estourasse o meu cartão?

Saí da padaria e dei uma olhada pelos outros andares do shopping. Nike, Yves St. Laurent, Coffee Bean, Vivienne Westwood, Zara, Roberto Cavalli e Versace — visitei todas essas lojas, mas não conseguia encontrar nada que me interessasse. Peguei a escada rolante para as outras lojas, mas nada me chamou a atenção. E aí, quando cheguei nos andares de cima, batendo os punhos contra as minhas coxas cansadas, vi um letreiro conhecido.

*

Por volta daquela mesma época no ano passado, eu havia entrado na mesma loja de lentes de contato especializada em lentes coloridas. Na noite anterior, estávamos dançando na balada, e Gyu-ho — num surto de puro entusiasmo — havia jogado a cabeça para trás e perdido uma das lentes. Gyu-ho enxergava tão mal que a loja disse que só tinham um único produto disponível que serviria para ele, e por acaso era uma das lentes descartáveis que aumentam a pupila. Gyu-ho disse que preferia usar lentes de contato desconfortáveis a continuar com aqueles óculos de Pororo que diminuíam seus olhos até virarem sementinhas de mostarda. Ofereceram um desconto de 15% em dinheiro, mas eu não tinha bahts o suficiente na carteira. Eu tinha uns wons, no entanto, e no processo de pesquisar como estava a taxa de câmbio, encontramos uma joalheria na vizinhança que fazia o câmbio. Eu estava voltando à loja de lentes quando uma jaqueta de nylon num manequim da Zara me seduziu a entrar na loja e comprá-la. Quando me reencontrei com Gyu-ho, ele estava sentado na loja de lentes, e seus olhos, normalmente ensonados, estavam com as pupilas tão dilatadas que parecia um viciado ou um coelho detetive de um anime japonês. Piscando os olhos brilhantes, Gyu-ho imediatamente me deu uma bronca:

— Por que demorou tanto? Se eu morresse aqui te esperando, você ia ficar feliz?

— Desculpa. É que te ver assim é tão engraçado que eu nem tenho palavras. Olá, Usami.

— Kumakichi! O que é isso que você comprou?

Tirei a jaqueta de dentro da sacola e Gyu-ho soltou um suspiro. Por sorte, dava para pagar as lentes com o dinheiro que eu tinha acabado de trocar. Gyu-ho botou a caixa de lentes na pochete que ele sempre usava (fosse na Coreia ou na Tailândia). Ao sair da Embaixada Central com Gyu-ho e suas pupilas duplamente dilatadas, procuramos uma farmácia que ele havia pesquisado de antemão e marcado no Google Maps. Ficava a apenas vinte minutos de distância do hotel, usando o monotrilho BTS.

Depois que descemos na estação perto da farmácia, assumi o controle da navegação, já que Gyu-ho era meio perdido. Minhas expectativas eram de que o lugar ficaria escondido em algum beco sórdido, mas estava logo ali na rua principal. O interior era também o mesmo de qualquer outra farmácia. Mostrei ao farmacêutico uma imagem da versão genérica do que eu precisava. O farmacêutico, se é que ele era isso mesmo, pegou um frasco de comprimidos e explicou para nós, em inglês, como eles funcionavam. Disse que tomar um só deles por dia, no mesmo horário, já bastava para prevenir perfeitamente a doença.

Ele disse mesmo a palavra "perfeitamente". Como era que ele tinha tanta certeza? Acrescentou que tomar dois comprimidos antes de praticar sexo de risco e depois mais duas doses, um comprimido a cada 24 horas, era o suficiente para prevenir a transmissão. Anotei tudo isso no aplicativo de notas do meu celular e fiquei me perguntando o quanto minha vida teria sido diferente naquele momento se eu tivesse aqueles comprimidos sete anos antes.

Será que as coisas teriam sido muito diferentes? Como teria sido a minha vida — melhor, pior ou igual a agora? Aqueles pensamentos levaram a outros, mas então, de forma abrupta, consegui me conter. Compramos três frascos do remédio genérico e uma caixa de Kamagra em cápsulas de gel. Não saiu nem 200.000 wons, mas nos ofereceram ainda um desconto de 10% se pagássemos em dinheiro, então foi o que fizemos. Com a sensação de que havíamos gastado dinheiro demais num único dia, voltamos ao hotel. Pegamos a vodca que tínhamos comprado no *duty-free*, misturamos com o suco de limão-filipino comprado na lojinha de conveniência e bebemos à beira da piscina enquanto o sol ia se pondo.

Na manhã seguinte, quando acordamos, soltamos uma gargalhada ao vermos o rosto inchado um do outro. O provável resultado de termos bebido a noite inteira, junto com todos aqueles salgadinhos. Gyu-ho, com os olhos semicerrados, se aproximou de mim com comprimidos e água. Botei uma daquelas pílulas estranhas na boca de Gyu-ho e uma na minha.

— Vamos dar umas férias para a Kylie também.

— Pois é.

Após escovarmos os dentes, lado a lado, em frente ao espelho, tomamos um banho juntos naquele boxe grande e rapidamente saímos do hotel. Rapidamente, porque estávamos com medo de que fôssemos acabar pegando no sono de novo se demorássemos. Sem nenhum destino em mente, começamos a andar até onde os nossos pés nos levassem.

— Aonde podemos ir?

Gyu-ho disse que queria ver o oceano. Eu não conseguia acreditar que ele, tendo morado vinte e poucos anos à beira-mar, ainda queria mais. *Os oceanos não são todos iguais?*, pensei, antes de responder:

— O oceano fica bem longe daqui.

— Por quê? Estamos na Tailândia. Não estamos cercados de oceano?

— Você está pensando nas ilhas, como Phuket ou Koh Samui. Aqui é Bangkok. É igual a Seul. A gente tem que pegar um tanto de estrada até chegar ao mar.

— Então Bangkok é terra firme também.

Gyu-ho era, de verdade, a primeira pessoa que eu conheci que usava a expressão "terra firme".

Eu me lembrei de quando tínhamos acabado de nos conhecer e ele respondeu à minha pergunta sobre o motivo de ter vindo para Seul: *Era meu sonho estar em terra firme.*

"Em terra firme", "meu sonho"... Ele parecia tão sentimental quanto um velho da geração do pós-guerra ou um desertor da Coreia do Norte, o suficiente para me deixar sem resposta por um momento — e eu não consegui segurar a risada.

— Está rindo do quê?

— Porque você falou engraçado! Seu sotaque voltou.

— Para de rir.
— Desculpa. Então, qual é o seu sonho agora?
— Meu sonho... Hmm. Ganhar muito dinheiro. E...
— E o quê?
— Caminhar pela rua com você ao amanhecer, assim.
— Hum...

Cocei o meu braço para esconder o constrangimento e o passei em torno do braço dele. Algo que eu nunca teria feito normalmente, mas ele disse que era seu sonho, e quem era eu para negar aquilo? Até mesmo a neblina de poluição, no cruzamento perto do portão principal da Ewha, ao amanhecer, tornava aquele cenário tão saudoso que doía. Com uma sensação de que éramos os únicos sobreviventes numa distopia, fomos caminhando de volta para casa. Eu havia bebido rápido demais e estava sentindo o álcool se dissipar do meu cérebro a cada passo, mas não fazia mal, porque eu estava com Gyu-ho.

Porque logo chegaríamos no meu apartamentinho fuleiro, eu mijaria aquele mijo tóxico na privada de descarga fraca e tiraríamos nossas roupas, tomaríamos um banho e nos deitaríamos, pele com pele, diante do ventilador. Porque só restaríamos nós.

Eu não conseguia acreditar que fazia dois anos desde que tínhamos nos tornado um casal. Tive um lampejo de nostalgia, o que me fez estender a mão para roçá-la no cotovelo de Gyu-ho. Aquele era o máximo de demonstração pública de afeto que Gyu-ho me permitia na Tailândia, com a desculpa do calor. Ele olhou para mim com os olhos reluzentes e perguntou:
— O que vamos fazer agora?

— Quer ir ver o rio em vez do oceano? Eles têm um rio enorme aqui também, que nem o Han. O Chao Phraya, e fica só a vinte minutos de táxi. Podemos pegar um barco lá para a estrada Khao San.

— Pode ser. Já ouvi falar. A estrada Khao San. Vamos lá.

Subimos num táxi para ir ao píer e lá embarcamos numa balsa comprida, que chegou cuspindo fumaça preta, para nos levar rio abaixo pelo preço módico de uns 700 wons. As balsas deviam ser um serviço de transporte importante, porque vimos uns alunos de uniforme e funcionários de escritório ali com a gente. Com a sensação de que estávamos num cruzeiro, nós nos espremos nos dois assentos, alaranjados e minúsculos, de plástico, apertados um contra o ombro do outro. O barco, quando começou a andar, sacolejava mais do que eu esperava, e se inclinava para a frente com um resmungo. Apenas cinco minutos após o nosso cruzeiro começar, nuvens pesadas de repente escureceram o céu.

— Vai chover? Você disse que era estação seca.

— Eu disse que era o fim da estação chuvosa.

— E isso não é estação seca?

— Acho que o fim da estação chuvosa ainda é estação chuvosa.

— Ei, olha lá.

As nuvens carregadas de chuva se aproximavam tão rápido que dava para ver a olho nu, e de repente nos flagramos no meio da chuva, com o vento açoitando as laterais abertas do barco. Os outros passageiros, pelo visto acostumados àquela situação, se levantaram e desenrolaram as lonas nas margens do telhado acima de nós. Seguindo a deixa, nós também ajudamos a desenrolar as lonas. E, assim que terminamos, começou um dilúvio de verdade. A gente conseguia ouvir o som valente do motor, porém o barco se recusava a avançar. Relâmpagos lampejavam e trovões retumbavam, e jorros pesados de chuva batiam contra o teto do barco. A água se infiltrava pelas beiradas da lona, e tudo ficou embaçado. Nós nos agarramos pelos joelhos e seguramos firme para aguentar o balanço. A sensação do joelho quente de Gyu-ho na minha mão me causou uma sonolência estranha. O balanço do barco não me deixou nem um pouco ansioso. Fiquei segurando o joelho dele até a palma da minha mão ficar toda molhada de suor. Dizendo que estava com calor no joelho, Gyu-ho tirou minha mão e a colocou na palma da própria mão gelada. Paramos em mais dois ou três píeres, onde quase todos os passageiros que se amontoavam no interior da balsa desembarcaram. A chuva seguia com a mesma força, até a hora em que as nossas mãos suadas passaram a agarrar a balaustrada fria. Planejávamos descer no próximo píer e pegar um táxi assim que a chuva aliviasse, mas não parava de cair água. E quanto mais vazio ficava o barco, mais ele balançava. Gyu-ho disse que estava ficando enjoado.

Enfim decidimos descer na parada seguinte.

— Chegamos à terra firme, Gyu-ho, que nem você disse que sempre foi o seu sonho.

— Meu Deus, achei que eu fosse morrer de enjoo.

Não dava para esperarmos a tempestade passar debaixo da marquise do píer. Não era uma chuvinha breve, mas um aguaceiro completo. Não havia nenhuma loja à vista, nem gente.

— Ai, Gyu-ho, o que vamos fazer agora?

Gyu-ho pegou meu celular e o colocou junto com o seu na pochetinha vermelha que tinha pendurado no ombro. Então ele agarrou minha mão. Saímos correndo pelas ruas debaixo da chuva. Em menos de trinta segundos, nossas roupas estavam encharcadas. Queríamos arranjar um guarda-chuva numa loja de conveniência, mas não tinha nem mesmo uma 7-Eleven em lugar nenhum. Eu estava ficando sem fôlego, meus pés doíam, e tinha dúvidas se ainda havia algum propósito em sair correndo. Implorei a Gyu-ho para pararmos, disse que deveríamos continuar andando, mas talvez ele não tivesse me ouvido, porque continuou me puxando. Eu não aguentava mais — gritei para ele diminuir o passo. Gyu-ho virou seus olhos de coelho surpreso para mim. Eu queria sorrir de volta, mas só conseguia franzir o rosto. Fez-se um breve silêncio entre nós. Gyu-ho de repente deitou-se de costas no asfalto.

— O que você está fazendo?

— Como assim o que estou fazendo? Cansei. Estou me deitando.

— Mas por que deitar no meio da rua?

— Eu fazia isso quando era criança, em Seogwipo.

— Você deitava na rua?

— Isso. Eu adorava deitar de costas no meio da estrada perto da praia. Era o que eu fazia.

— Que perigo. Fico impressionado de você ter saído vivo da ilha. Por que você fazia uma coisa dessas?

— Eu gostava, só isso. Me refrescava. Era confortável. Dava para ver o céu e tinha a sensação de que ele era minha coberta.

— Que negócio é esse, está recitando poesia agora? Vamos, levanta.

Quando peguei a mão dele, ele agarrou a minha e me puxou para baixo. Vacilei e caí sentado.

— Deita comigo.

Jesus amado, ele tinha enlouquecido? Mas quando vi o seu rosto — Gyu-ho, que sempre parecia tão mais tranquilo do que qualquer outra pessoa que eu conhecia —, meu coração derreteu um pouco. Bem, de toda forma, eu já estava encharcado. Então me deitei ao lado dele na rua. A chuva caía nos meus olhos, o que me fez semicerrá-los ao olhar para o céu. Um céu de mil rugas, como se alguém tivesse jogado água num pedaço enorme de papel. Como se Gyu-ho e eu estivéssemos debaixo de uma coberta suja. Ele fechou os olhos e disse:

— Eu gosto disso, de verdade.

— Estamos ensopados até as cuecas, do que você pode gostar?

— Só de você e eu estarmos juntos. É disso que eu gosto.

3.

Habibi voltou tarde naquela noite. Quando abri a porta, vi que ele tinha uma sacola de compras numa das mãos. Seu rosto normalmente cinzento estava um tanto corado — devia ter bebido bastante naquele evento noturno. Eu só tinha passado dois dias com ele até então, mas já estava começando a parecer que ele era da família. Talvez porque ele fosse, de fato, um homem de família, alguém acostumado a criar raízes e florescer. A sacola de compras continha *macarons* com o logo da Mandarin Oriental Shop. Habibi disse que eu parecia ter gostado deles, por isso tinha comprado para mim. Tendo acompanhado Gyu-ho em todo tipo de lojas atrás de docinhos, sem querer eu havia me viciado em açúcar também. Habibi colocou um *macaron* cor-de-rosa na minha boca. Mastiguei metade dele e deixei o resto em cima da mesa de cabeceira. Quando eu estava com Habibi, às vezes me sentia como se fosse uma criança, às vezes como um pai. Enquanto tirava as calças, Habibi foi me contando do seu dia (como se eu estivesse interessado). O casarão na frente do hotel não era uma residência particular, mas a Embaixada Britânica. Eles haviam montado umas mesas no seu lindo jardim inglês, e ele tinha jantado filé mignon, lagosta e vieiras com ravióli junto com burocratas ingleses e tailandeses. Teria um show de fogos de artifício, em comemoração à paz e à prosperidade entre as duas nações, e por isso ele havia alugado um quarto onde daria para vê-lo. Habibi, de cueca, foi até a janela e apontou para algum ponto distante:

— Esta noite, vamos ver os fogos de artifício mais lindos do mundo.

Fogos são fogos, o que diabos ele quer dizer com "os mais lindos"? Provavelmente são os mais caros. Porra, e daí?

— Vai fazer tanto barulho que você não vai conseguir dormir. Vão disparar os rojões na rua da Embaixada.

De repente, tudo me pareceu insuportável. Sem responder, fui até o banheiro e comecei a encher a banheira. Mesmo antes de terminar de encher, mergulhei a cabeça debaixo d'água. Só o que dava para ver ali eram as sombras ondulando na superfície. Tudo estava tranquilo, o único som era o da água caindo. Eu gostava daquilo. Queria que o universo inteiro parasse de girar e desse uma pausa, só para aquele momento.

Prendi a respiração pelo tempo que consegui, depois levantei a cabeça.

Você deve ter sido um peixe numa vida passada.

Gyu-ho me disse isso uma vez, porque, em qualquer quarto de hotel em que a gente parasse, eu queria tomar banho de banheira, se tivesse.

Você sabe, né, que, em algum momento, alguém provavelmente já mijou e cagou aí.

Quando eu sugeria que ele entrasse comigo, Gyu-ho recusava, como se eu tivesse oferecido para ele mergulhar comigo no esgoto. Sem me deixar abalar, eu enchia a banheira até a borda e mergulhava completamente, até o topo da cabeça. Mergulhar assim fazia meus joelhos emergirem, e eu ficava com vontade de comprar uma banheira do tamanho de uma piscina quando ganhasse muito dinheiro, um dia.

Tinha um frasquinho de gel de banho Le Labo na bandeja de amenidades do quarto, e eu o despejei inteiro no jato d'água, o que criou, de cara, umas montanhas de espuma, que nem chantilly. Fechei os olhos, com o desejo de que eu pudesse morrer sufocado na espuma.

*

Naquele dia, uma hora acabamos indo parar numa pensão desconhecida.

Em Bangkok, bastava erguermos um braço para os táxis magicamente pararem na nossa frente, que nem na televisão, mas não foi assim daquela vez. Chovia tanto que a água subiu até os nossos tornozelos, e eu não conseguia ver táxi nenhum na rua. Demos as mãos e fomos caminhando pelos becos labirínticos de residências privadas, procurando um lugar onde pudéssemos sentar e descansar um pouco. Foi assim que esbarramos numa placa que dizia: PENSÃO. Entramos na hora.

Custava cerca de 50.000 wons um quarto sem banheiro, com ventilador de teto em vez de ar-condicionado. Considerando os valores de Bangkok e o estado decadente da construção, era claramente um roubo, mas não estávamos em posição de barganhar. Soltamos uma gargalhada assim que vimos o quarto — o único item de "mobília" lá era um colchão solitário que quase preenchia o espaço inteiro. Era mais um caixão do que um quarto. Gyu-ho e eu nos revezamos em usar o chuveiro compartilhado (um eufemismo para o que, na verdade, era só um espaço separado no fim do corredor com um chuveiro e um ralo), onde nos banhamos com água morna, depois abrimos em cima do colchão as toalhas que tinham nos dado na recepção e ficamos deitados um do lado do outro. O grande ventilador de aço rodava acima de nós, tamborilando, e fiz um comentário idiota — "Se essa coisa cai em cima da gente, vamos virar carne moída" —, ao que Gyu-ho respondeu de acordo, "Vamos ser hambúrgueres juntos para sempre", enquanto esticava o braço na minha direção. Seu braço mais curto que a média não encaixava muito bem na minha cabeça maior que a média, mas fingimos estar confortáveis, deitadinhos ali daquele jeito. Não faço ideia de quem foi que começou a beijar quem primeiro. Nossos corpos úmidos se aproximaram e Gyu-ho subiu em cima de mim.

— Você tem aí?

Só o que tínhamos na pochete de Gyu-ho eram dois sachês de lubrificante, amassados pelo tempo. As camisinhas, a gente já devia ter usado.

— O que a gente faz...? Você acha que não faz mal?

Olhando para a cara de preocupação de Gyu-ho, rasguei o sachê de lubrificante com os meus dentes.

Transamos. Pela primeira vez, durante os dois anos em que estivemos juntos como casal, estávamos transando sem camisinha.

Olhei para Gyu-ho esmagando o meu corpo, sentindo o peso do corpo dele. Seu calor, sua respiração, o olhar em suas pupilas imensas e escuras. O que até então era parte dele jorrou para dentro de mim e se tornou parte de mim.

Depois de transarmos, fechei os olhos para descansar por um momento. Mas quando os abri de novo, já estava escuro ao nosso redor. Era impossível dizer se era noite ou dia, mas a chuva enfim havia parado. O rosto de Gyu-ho estava próximo do meu. Estava dormindo. Fiquei encarando-o por um bom tempo. Limpei as gotículas de suor no nariz dele, olhei para o ventilador acima de nós e desejei que o universo pudesse parar bem naquele momento.

*

Às vezes ainda me pegava pensando que, se eu estendesse a mão, poderia tocar o dorso do nariz dele.

Aquela era apenas uma ilusão. A realidade diante de mim era a minha mão inchada e enrugada. Meu aumento de peso deixou os meus dedos, e até mesmo as pontas deles, feios. Eu não havia perdido o hábito de cair no sono em qualquer lugar. Já passava das quatro da manhã quando saí do banho. Habibi estava dormindo. Quando foi que ele pegou no sono? Será que estava tão **bêbado** que esqueceu de mim ali no banho? Ele talvez tivesse ficado acordado para ver os fogos, mas eu tinha a impressão de que não era o caso. Delicadamente tirei o cabelo dele de cima de seu rosto adormecido. O cabelo sarapintado de pontos grisalhos. Rugas que eram mais profundas sob a luz do abajur.

Por que ele havia me levado até ali? Será que só queria ter alguém esperando por ele quando voltasse para o quarto? Alguém para acender a luz, bagunçar um pouco o ambiente, preencher o silêncio, mesmo que fosse num idioma desconhecido? Porque ele viajava muito a negócios. Porque conhecia a frieza do travesseiro sobre o qual havia se deitado anteriormente ou a textura dos lençóis, tão engomados que seus cantos machucavam. Ou por causa de todas essas coisas juntas. Mas, então, por que eu estava ali com ele? Olhei para baixo, para a tela rachada de seu celular no chão.

Não tinha como saber se os fogos de artifício haviam acontecido ou não. Tudo parecia ter passado num piscar de olhos. Em determinado momento, minha vida se transformara numa série de lembranças vagas de noites passadas, uma atrás da outra.

Diminuí de leve a luz e saí do quarto. Depois de fechar a porta atrás de mim, estranhamente eu não conseguia mais me lembrar do rosto de Habibi.

*

No primeiro dia do ano, Gyu-ho e eu viajamos à ilha Wolmido. Comemos salsichas enroladas numa massa grossa frita e desbravamos um brinquedo de parque de diversões com temática viking, cuja barra de segurança tremia como se estivesse prestes a ceder a qualquer minuto. Em nossa competição para ver quem gritava mais, minha voz ficou rouca em dez segundos. Ao lado do parque de diversões, havia um *noraebang* com máquina de música à base de moedas, onde cantamos baladas de dor de cotovelo com notas que não alcançávamos, além das músicas felizes de sempre de *dance idols*. Após umas dez músicas, estava prestes a amanhecer. Com a esperança de conseguir assistir ao nascer do sol, fomos caminhando até a praia. Apesar de estar vestindo a minha jaqueta *puffer*, estava com frio, e enfiei minhas mãos nas axilas dele.

— Qual é o sentido disso, Kumakichi?

Dei risada e o abracei por trás. Enganchados, fomos andando que nem pinguins em direção à areia. Havia pessoas reunidas na praia. Enquanto os ventos inclementes açoitavam o meu rosto, eu me perguntava se os invernos da infância de Gyu-ho à beira-mar também tinham sido daquele jeito.

Nós nos aproximamos de uma multidão perto dos gigantescos tetrápodes de concreto no quebra-mar. Uma mulher de batom vermelho, com um penteado alto e um sorriso gentil, dava lanternas e canetinhas às pessoas no local. Ela entregou para a gente também e disse que, se quiséssemos, era para escrevermos um desejo ali dentro, que ela acenderia a lanterna para nós e a mandaria voando pelo céu. Gyu-ho sussurrou:

— Ela deve ser chinesa.

Fiz que sim com a cabeça, e a dona disse:

— Na China, temos uma tradição em que escrevemos os nossos desejos dentro de uma lanterna e a mandamos para o céu no primeiro dia do ano.

Abrimos a lanterna no chão e anotamos nossos desejos. Gyu-ho parecia ter certeza do que desejar. O amor eterno entre

Kumakichi e Usami, ganhar na loteria, conquistar o universo... Eu pensei no que escrever a princípio, mas, assim como Gyu-ho, acabei escrevendo o que me veio à mente.

Terminamos e entregamos a lanterna à dona. Habilmente, ela foi dobrando os arames em sua base para acendê-la com uma vela *rechaud*. Eu lhe entreguei um chocolate embrulhado que tinha no bolso desde sabe-se lá quando, e ela sorriu para mim como alguém que jamais conhecera a tristeza na vida. Um monte de lanternas foi subindo ao mesmo tempo. Comemoramos ao vê-las subindo delicadamente até o céu, todo mundo com uma expressão feliz no rosto. Como se nossos desejos já tivessem sido concedidos.

*

Ao sair do hotel, comecei a caminhar para onde os meus pés me levassem. O sol não havia subido ainda, mas já havia pedestres de terno a caminho do escritório. Eu ficava desse jeito sempre que tinha que dar conta do prazo para entregar o que eu estivesse escrevendo. Fosse sentado de terno num café perto do meu escritório, ao amanhecer, ou agachado, inclinado por cima da mesa, produzindo ou editando alguma coisa furiosamente.

Devia ter chovido durante a noite, porque o ar estava com cheiro de terra. Após uns dez minutos andando, fui até uma lojinha de conveniência. Não estava com fome, mas queria comprar alguma coisa e acabei pegando uns lanchinhos de algas com a cara de uns *idols* coreanos na embalagem e uma bebida láctea de morango na promoção de "pague um, leve dois". Com a saco-linha plástica numa das mãos, continuei caminhando naquela jornada sem rumo. Passei por uma viela tão estreita que só cabia uma pessoa por vez. Dentro daquele beco havia um buraco de esgoto, com ratos correndo embaixo. Tentei passar sem olhar para baixo, até chegar a umas portas de correr. Eram de metal e havia janelas iguais às que costumávamos ver em velhas lojinhas de bolo de arroz ou mercearias. Quando entrei, percebi que não estava numa loja, mas dentro de um pequeno pátio, com casas em ambos os lados, com suas portas de correr escancaradas, sem nem mesmo uma tela contra mosquitos, os habitantes e suas vidas completamente à mostra. Fiquei preocupado com os insetos que deviam entrar na casa deles. Atingido por uma curiosidade repentina e, apesar de estar ciente de que era grosseria de minha parte, espiei o interior das casas. As pessoas pareciam estar ocupadas demais para reparem em mim. Um homem lavava o rosto numa pia, uma mulher ao lado dele enxaguava alguns vegetais, um senhor de idade estava sentado no chão, descascando milho, e uma outra mulher estava sentada na frente de sua cômoda, freneticamente secando seu cabelo. No fim do pátio, havia uma casa com um velho colchão no meio. Duas crianças de uns quatro ou cinco anos estavam pulando em cima dele. A cada ranger das molas, um gato ali perto, com os olhos remelentos, se assustava. *Imagine a sujeira.* Meus pés pararam por conta própria. Mesmo que as crianças não conseguissem alcançar o teto, elas esticavam as mãos para o alto, tentando tocá-lo a cada salto. Eu me lembrei do que Gyu-ho me disse uma vez:

— Quero andar de *bang-bang*.

— Você quer dizer um *bong-bong*? Um bastão de pula-pula?

— De onde você é eles chamam de *bong-bong*?

— Isso. Em Jeju chamam de *bang-bang*?

— Não sei na ilha inteira, mas onde eu morava era *bang-bang*.

— Era algo que tinha em toda parte, antigamente.

Quando menos percebi, estava sentado na beira da varanda de algum estranho. O gato saiu correndo. Ao repararem na minha presença, as crianças pararam de pular. A que era um pouco menor que a outra se escondeu atrás da maior. Tirei as duas garrafinhas de bebida láctea de morango da sacola plástica. Abri e dei um gole numa delas, depois ofereci a outra garrafinha para as crianças. Elas não se aproximaram de mim. Com um sorriso, deixei a garrafinha em cima da varanda. Como se estivessem assistindo ao espetáculo mais fascinante do mundo, as crianças ficaram me observando enquanto eu tomava a minha bebida. Quando terminei, perguntei a elas se tinham visto os fogos da noite passada. Elas pareciam não entender o que eu falava. Perguntei onde estavam seus pais, e também não tive resposta.

— Aonde eles foram para deixar vocês aqui sozinhos?

As palavras saíram balbuciadas com a minha voz baixinha, mas de repente fizeram meu nariz arder pelas lágrimas que brotavam, o que era, com certeza, um sinal estranho de que eu estava envelhecendo. Olhei para o céu a fim de segurar as lágrimas que ameaçavam cair. Gotas de chuva estavam prestes a se precipitar. Devia ter chovido à noite. Será que tinham cancelado os fogos por causa daquilo?

A chuva ainda cai no fim de uma estação chuvosa, assim como as lágrimas, mesmo quando já é tarde demais.

*

Depois que terminei com Gyu-ho, passei a ter pesadelos.

Nos meus sonhos, ele e eu estamos dando risada e conversando, e ele diz que me ama. Mas, mesmo nos meus sonhos, eu sei que não é Gyu-ho. Assim que vou até ele, escuto sua respiração e abraço seus ombros, ele desaparece. Dissipa-se que nem areia ou vira um líquido escuro, feito esgoto, e vai escorrendo para longe. Não tenho escolha senão manter a distância. Fico observando-o, ouvindo sua voz e desejando que daquela vez dure para sempre.

Quando acordo desses sonhos, estou encharcado de suor.

Nos últimos tempos, a sensação que tenho é a de que estou desmoronando, pouco a pouco. Assim como Gyu-ho em minhas lembranças, estou me decompondo e virando cinzas que se dissipam. É uma sensação tão nítida para mim que é difícil de ignorá-la, como eu normalmente faria.

Às vezes a mera existência dele para mim é a existência do amor em si.

Acho que faz um tempo agora que, por meio da escrita, venho repetidamente tentando provar em muitos outros contos meus que a relação entre mim e Gyu-ho era tão especial para nós que nada poderia nos privar dela, que era 100% real. Usando todo tipo de método para criar Gyu-ho e escrevê-lo na forma de outros personagens, tentei demonstrar que a relação que tínhamos e o tempo que havíamos passado juntos eram completos do jeito que eram, mas quanto mais eu tento, mais me afasto dele e das emoções que eu tinha na época. Meus esforços se tornam algo mais vago e mais distante da verdade. O Gyu-ho inventado na minha obra foi ferido e morto tantas vezes, mas acaba sempre ressuscitando, como se o amor salvasse a sua vida — ao passo que o Gyu-ho real ainda respira, continua vivo e seguindo em frente. Quanto maior se torna a lacuna entre os dois, mais difícil fica para mim suportá-la. Venho tentando suportar já faz muito tempo, mas isso só me fez perceber, com mais clareza do que nunca, que tudo que me resta é um punhado de palavras vazias, dissipando-se e me deixando para trás, aqui, a rabiscá-las. Meus ombros dobrados para a frente, meu cenho profundamente franzido, o mundo tão pequeno que consigo ouvir a minha própria respiração.

*

A lanterna que soltamos naquele dia não foi muito longe. No momento em que passou além do quebra-mar, ela pegou fogo e começou a emitir uma fumaça preta sobre as águas antes de despencar em ondas distantes. Algumas das pessoas ao nosso redor começaram a rir. Sorrindo, a mulher de batom vermelho comentou que devia ter algum buraco no papel. Fiquei olhando de um lado para outro em meio às outras lanternas que estavam voando, ao longe, e o ponto onde a nossa havia caído. Fiquei olhando fixamente por um bom tempo. As outras pessoas começaram a ir embora, cada uma tomando seu rumo. Gyu-ho também deu meia-volta e foi embora, mas eu não conseguia reunir forças para partir. Era inacreditável para mim que o meu desejo tivesse fracassado.

Eu tinha começado a escrever tantas coisas naquela lanterna, consertando várias vezes a minha vida. Ter sucesso na minha dieta, ganhar na loteria do apartamento, comprar um Porsche

Cayenne, lançar meu primeiro best-seller... Mas nada daquilo era o que eu realmente queria, por isso acabei rabiscando todas aquelas palavras. Aposto que foi assim que acabei furando a lanterna.

No fim, deixei nela apenas duas sílabas.

Gyu-ho.

Meu único desejo.

Agradecimentos

Meu segundo livro publicado, já.

Eu não fazia ideia de que isso aconteceria quando escrevi a narrativa que viria a se tornar *Regras do amor na cidade grande*, mas reunir meus textos e revisá-los para compor este romance foi um processo que me causou um sentimento contínuo de vergonha de mim mesmo. Boa parte desta obra tem como seu alicerce o passado, tanto a minha história pessoal quanto a de muitas pessoas ao meu redor.

Conforme fui refletindo sobre o meu passado, querendo viver a vida do jeito que eu sou e como ninguém mais, foi difícil aceitar que fui, sim, a pessoa que fui quando escrevi as palavras deste livro pela primeira vez. Esses sentimentos contraditórios criaram uma situação difícil, tanto para mim quanto para aqueles que me cercam. Escrever um livro sobre essas pessoas com um título tão pomposo quanto *Regras do amor na cidade grande* me parece, sei lá, não muito honesto... mas o que eu posso fazer, não é? Para todo mundo que já me pagou uma bebida e me entregou, de bom grado, uma parte de sua vida, além de suas preciosas emoções (confesso que não fui a melhor pessoa do mundo para recebê-las), quero apenas expressar a minha sincera gratidão por essas dádivas e dizer que tentamos e fizemos o melhor que podíamos, mesmo que não estejamos mais juntos.

Aconteceram muitas mudanças durante o ano em que passei editando este livro. A Corte Constitucional da Coreia do Sul declarou que o estatuto que criminalizava o aborto era inconstitucional, tornando obsoleto, portanto, o "crime" do aborto. O PrEP para o HIV foi aprovado pelas autoridades coreanas e passou a ser coberto pelo nosso sistema nacional de saúde para as populações de alto risco. Todos os autores estão condenados a representar os seus mundos com, no mínimo, um atraso de um ou dois passos, o que pode ser avassalador, mas para este cidadão-escritor aqui, pelo menos, o fato de que a sociedade muda tão rápido que a minha escrita não consegue acompanhar é motivo de alegria.

"Young", o narrador das quatro histórias deste livro, é, ao mesmo tempo, a mesma pessoa e pessoas distintas. Quem escreve isto agora é talvez alguém muito diferente de quem eu sou de verdade, uma pessoa que poderia ser alguém que você conhece muito bem, talvez até você mesmo, a única pessoa que você gostaria de evitar a todo custo, por já estar se sentindo sobrecarregado. Muito antes de virar escritor, eu era apenas um jovem dos anos 2000 tentando ganhar a vida, e também cidadão da República da Coreia. Para mim, escrever e falar dos assuntos sobre os quais eu escrevo e falo era um ato de desespero.

Eu estava desesperado o bastante para derramar tudo que eu tinha neste único gesto.

Conforme fui encarando esses assuntos sensíveis, eu me esforcei muito para não esquecer que eu também não estava livre desses problemas, tampouco era completamente inocente. Foi preciso reunir uma quantidade considerável de coragem.

No ano passado, quando meu primeiro livro foi publicado na Coreia, comecei a receber comentários de leitores pela primeira vez. Havia comentários positivos e negativos, e alguns foram difíceis de engolir, mas teve um em particular que não saiu mais da minha memória:

"Obrigado por escrever sobre nós, sobre mim."

Essas foram as palavras de leitores que compartilharam comigo que eram *queer* ou estavam em situações difíceis. Na vida real, sou uma pessoa cheia de medo, com muita ansiedade, mas foram as palavras sinceras dessas pessoas, palavras que reuniram com muito esforço e coragem para compartilhar comigo, que fizeram com que este livro fosse possível. Espero que eu agora tenha repassado esse esforço e coragem para você, que está, neste momento, debruçando-se sobre este livro em algum lugar, lendo estas palavras.

Quando escrevo — ou quando sigo a minha rotina diária —, às vezes me sinto tão distraído e inseguro, como se estivesse inteiramente sozinho, vagando por uma nuvem de poeira, mas outras vezes sinto um calor, como se as minhas mãos tivessem tocado em alguma coisa. Eu quero chamar isso de "amor". Sei bem até demais o quanto essa emoção que chamam de "amor", como a palavra em si, pode facilmente se desmanchar até virar um nada, mas só o que posso fazer é agarrar esse pedacinho minúsculo de calor e abraçá-lo com toda a minha força. Só para eu conseguir viver como eu mesmo. Só para eu conseguir viver esta vida como sou por completo.

Verão de 2019
De Seul, a cidade grande que eu amo,
Sang Young Park

- A mensagem de texto do aluno de Engenharia em "Jaehee" é um trecho tirado de *2da's Uncut and Unlimited Play* (Random House Korea, 2008).

- A cena do PrEP para HIV (profilaxia pré-exposição) em "Férias de fim da estação chuvosa" foi escrita usando informações retiradas dos folhetos "Truvada for PrEP Fact Sheet: Ensuring Safe and Proper Use" (FDA, 2012) e "Pre-exposure Prophylaxis (PrEP) for HIV Prevention" (CDC, 2014). Dizem também que há evidências de que o mesmo comprimido, tomado dentro de 72 horas após um "comportamento sexual de alto risco", seguido de um regime diário durante 28 dias é eficaz em prevenir a infecção por HIV (fonte: Kim Wu-Yong, especialista em medicina preventiva).

- Embora as localizações geográficas desta obra sejam reais, os personagens e acontecimentos são fictícios.

Este livro foi composto na tipografia Adobe
Caslon Pro, em corpo 12,5/17,3, e impresso em
papel off-white no Sistema Cameron da
Divisão Gráfica da Distribuidora Record.